Kathrin Waiz

Verdammt hell hier mit dir

Winterwunschfunke

Ein Adventsroman

FSC
www.fsc.org
MIX
Papier aus verantwortungsvollen Quellen
Paper from responsible sources
FSC® C105338

Verdammt hell hier mit dir

Winterwunschfunke

Kathrin Waiz

Herstellung und Verlag: BoD – Books on Demand, Norderstedt

ISBN: 978-3-756836-64-2

Korrektorat: Elja Janus

Covergestaltung: Dustin Maskow

Bildmaterial: Canva

Bibliographische Information der Deutschen Nationalbibliothek:

Die Deutsche Nationalbibliothek verzeichnet diese Publikation in der Deutschen Nationalbibliographie; detaillierte bibliographische Daten sind im Internet unter http://dnb.dnb.de abrufbar.

Für Simon

Dein Geistesblitz wurde zur Idee,
die Idee zu einem Entwurf,
der Entwurf zu einem Buch.
Dein Funke ist auf mich übergesprungen,
danke, dass du ihn nicht hast verglimmen lassen.

Über das Buch

Jeder mag Adventskalender, egal ob groß oder klein. »Winterwunschfunke« ist ein Adventskalender in Buchform: Vierundzwanzig Kapitel und vierundzwanzig passende Rezepte begleiten durch die Vorweihnachtszeit, sind zugleich eine kleine Reise durch das winterliche Würzburg als auch in die Vergangenheit von Tilda und Elias. Für die einen ist es ein Wiedersehen mit beliebten (und weniger beliebten) Figuren aus »Nachtlicht«, »Dunkelzeit« und »Wirbelleuchten«, für andere kann es ein erstes Kennenlernen sein, das neugierig auf die »Verdammt hell hier mit dir«-Trilogie macht. Die Lektüre von »Winterwunschfunke« ist eine gemütliche Auszeit, die man am besten mit einer warmen Tasse Pumpkin Spice Latte oder einem Stück Apfelkuchen genießt.

Die Rezepte im Anhang sind zum Teil bewährte Speisen und Getränke aus unserer Familienküche, zum Teil wurden sie extra für das Buch erdacht. Ich bin keine Köchin, liebe aber gutes Essen, am liebsten in der veganen Variante, beides spiegelt sich in den Rezepten wider. Gern nehme ich Anregungen entgegen und freue mich, wenn die Rezepte nachgekocht oder -gebacken werden, vielleicht sogar mit Verlinkungen in den sozialen Medien.
(Kontakt: kathrin-waiz@gmx.de oder @_kathrin_waiz_writes)

Viel Freude beim Lesen, Kochen, Backen und Genießen und jedem von uns einen ganz besonderen

Winterwunschfunken.

Kapitel 1 Tilda

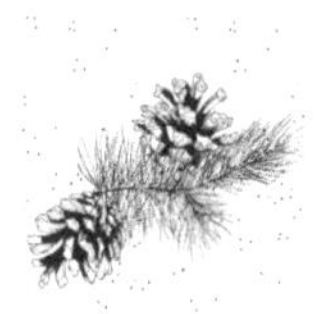

Freitag, 1. Dezember

Die Kinder wirkten allesamt wie aus der Zeit gefallen. Jungs in kurzen Hosen mit grob gestrickten Kniestrümpfen, Mädchen in bauschigen Kleidern, die Haare akkurat gescheitelt und zu braven Zöpfen geflochten. Mit erwartungsvollem Blick saßen sie zu Füßen des gutmütig lächelnden Weihnachtsmannes. Seine Wangen leuchteten wie gründlich polierte Äpfel. Das Weihnachtsidyll schrammte an der Grenze zwischen Nostalgie und Kitsch, aber weil ich anfällig für Idyllen war, selbst für kitschige, hatte ich den teuren Pralinen-Kalender trotzdem gekauft. Mein Vater, der ein weitaus differenzierteres Verhältnis zu Idyllen jeder Art pflegte, würde darüber hoffentlich hinwegsehen und sich über die kleine, aber feine Überraschung freuen.

Sorgfältig rückte ich die flache Schachtel auf dem runden Wohnzimmertischchen zurecht und trat einen Schritt zurück, um mein Werk zu betrachten. Der Koniferenzweig aus dem Garten, den ich um den Kalender drapiert hatte, war feucht vom Frost und duftete verführerisch nach den zwei großen W's, Winter und Weihnachten. Wenn ich die Augen schloss, wisperte er mir zu, dass die Zeit heimeliger Besinnlichkeit unmittelbar bevorstand. Sobald ich sie wieder öffnete, herrschte Stille, denn bis auf das Nadelgehölz, deutete in unserem Haus weder etwas auf Besinnlichkeit noch auf ein nahendes Fest hin. Der Adventskalender wirkte unpassend wie ein alter, ausgestopfter Iltis, der versehentlich in einem Museum für hippe experimentelle Kunst gelandet war.

Immerhin ein Anfang, entgegnete meine Naivität trotzig. *Ein vielversprechender Einstieg in die Vorweihnachtszeit.*

Ich widersprach nicht, wohl wissend, dass dem Einstieg in den kommenden Wochen nur wenig folgen würde, was der Weihnachtsstimmung zuträglich wäre. Ohne das Licht zu löschen, verließ ich das Wohnzimmer, damit es meinen Vater anlockte wie eine Spur leuchtender Brotkrumen, die auf direktem Weg zum Adventskalender führte.

In der Küche spielte ich kurz mit dem Gedanken, das Radio anzustellen. Die meisten Sender spielten ab dem ersten Dezember Weihnachtssongs, und ich wartete schon darauf, zum ersten Mal *Last Christmas* zu hören. Es war mir unbegreiflich, dass es Menschen gab, die den *Wham!*-Klassiker nicht leiden konnten. Mir genügten schon die ersten Takte, um mich weit weg in die Schweizer Alpen zu träumen, wo ich mit Freunden (die ich nicht hatte) ein verschneites Chalet bezog (für das mein Taschengeld niemals reichen würde), das wir gemeinsam mit bunten Lamettagirlanden schmückten (die ökologisch bedenklich waren). Ich liebte die Fantasie, den Song, das Video und ein kleines bisschen auch Lametta. Um nicht zu verpassen, wie mein Vater den Lichtkrumen folgte, blieb das Radio stumm, und ich bereitete in angespannter Stille das Frühstück vor. Als ich gerade dünne Scheiben vom Brotlaib säbelte, knarzten Jakobs Schritte auf der Treppe. Ich erstarrte mit dem Brotmesser in der Hand und horchte auf seine Reaktion, hoffte auf einen verblüfften Ausdruck des Staunens, vielleicht sogar ein freudiges *Oh!* oder zumindest ein verdutztes *Aha*. Es musste nicht mal ein Wort sein, ein wohlgefälliger Laut genügte.

Meine geheimen Erwartungen wurden weit übertroffen, denn es hagelte ganze Sätze. »Warum, zum Teufel, brennt überall Licht? Wozu diese Festtagsbeleuchtung früh am Morgen? Tilda? Hast du vergessen, wo der Lichtschalter ist?« Den Rest des Satzhagels verstand ich nicht, vermutete aber, dass es Ausführungen zu den steigenden Strompreisen waren. Ich hörte, wie er den Schalter malträtierte, und verärgert die Wohnzimmertür schloss. »Licht aus, Tür zu«, brummte er, als er die Küche betrat. »So schwer ist das doch nicht.« Dann fiel sein Blick auf den gedeckten Tisch. »Die Butter, Tilda. Es gibt nichts Lästigeres als harte Butter.«

»Vergessen«, murmelte ich und ging zum Kühlschrank. Die Temperatur, die mir beim Öffnen entgegenschlug, war weniger frostig, als die Laune meines Vaters. Er widmete sich der Kaffeemaschine, eine der wenigen Aufgaben, die er grundsätzlich selbst übernahm.

Noch immer hatte er keine Worte für meine Überraschung gefunden, also borgte ich ihm welche. »Er ist aus der Schweiz«, erklärte ich und erntete einen verständnislosen Blick. »Der Kalender. Ein paar Pralinen sind mit Cognac.«

»Mhm.«

Enttäuscht stellte ich fest, dass ein einfacher Laut, zumal so neutral gegrunzt, als hätte er einen pH-Wert von sieben, doch irgendwie unbefriedigend war. »Die Verpackung mag etwas schmalzig sein«, räumte ich ein, »aber wichtig ist ja der Inhalt.« Und der war, verdammt noch mal, von Hand conchierte Schokolade aus der Schweiz, die mich den Rest meines Novembertaschengelds gekostet hatte.

Auch diese Chance, sich wohlwollend zu äußern, ließ Jakob ungenutzt. Stattdessen zählte er leise die Löffel Kaffeepulver, die er in den Filter schaufelte, und mahnte mit einer Handbewegung, ihn dabei nicht zu stören.

Ernüchtert gab ich auf.

Vor ein paar Jahren hatte er wenigstens noch so getan, als ob er sich über meine Adventskalender freute. Damals handelte es sich um selbst gebastelte Kunstwerke aus zwei Dutzend mit Glanzpapier beklebten Toilettenpapierrollen, in denen winzige Zeichnungen steckten. Oder um Tannenzapfen, die ich mühevoll mit Wackelaugen und Pfeifenreinigern verziert und jeden Morgen in seinem Zahnputzbecher versteckt hatte, bis am Heiligabend eine vierundzwanzigköpfige Zapfenfamilie im Bad lag. Zugegeben: Jakobs Begeisterung über meine kreativen Werke war nie überschäumender Natur gewesen. Die Tannenzapfen fand er eher unappetitlich. Aber zumindest hatte er, wenn auch gequält, gelächelt, wenn er den Zapfen aus dem Plastikbecher gefischt und neben den anderen aufgereiht hatte. »Na, so was! Noch so ein Geselle.«

Mein enttäuschtes Gesicht spiegelte sich in der Schneide des Messers, und ich legte es schnell zur Seite.

Jakob hatte das Pulverzählen fehlerfrei gemeistert, setzte sich an den gedeckten Tisch und zog das Glas mit Hildchens Birnen-Lebkuchen-Marmelade zu sich heran. Seine Sekretärin sorgte gut für uns. Immer schon. Manchmal wünschte ich, ihr Wirkungskreis würde sich nicht nur auf das Büro beschränken.

Auch Jakobs Gedanken flogen beim Anblick der Marmelade offenbar zu Hildchen, denn zum ersten Mal an diesem Morgen lächelte er und schaufelte sich den goldgelben Glibber großzügig aufs Brot. Die harte Butter verschmähte er. »Es wird spät heute«, sagte er beiläufig. »Besprechung mit Heinrich.«

Schon vor Jahren hatte ich herausgefunden, dass *Besprechungen* mit dem Dekan der Philosophischen Fakultät nur als Vorwand dienten, bei einer nicht näher bekannten Anzahl Bocksbeutel in alten Erinnerungen an gemeinsame Studienzeiten zu schwelgen. Besonders an Freitagen dauerten diese Sitzungen lange.

»Kein Problem. Ich kann Kürbissuppe vorkochen und aufwärmen, sobald du da bist.«

»Nicht nötig.« Jakob nahm einen herzhaften Bissen. »Ich kann eins hiervon essen.«

»Marmeladenbrot zum Abendessen?«

»Warum nicht?«

Ich schielte auf seinen Bauch, der sich schon lange angewöhnt hatte, den Hosenbund unter sich zu begraben. »Weil zu viel Zucker ungesund ist?«

Jakob folgte meinem Blick, und ein winziges sarkastisches Lächeln tänzelte über seine Lippen. »Ist das so? Dann sind die Pralinen wohl so etwas wie der subtile Versuch, mich unbemerkt ins Jenseits zu befördern?« Genüsslich stopfte er sich den Rest des Brots in den Mund. Rückblickend war das neutrale *Mhm* eigentlich doch ganz okay gewesen.

Mit einem Mal hatte ich es sehr eilig, zur Schule zu kommen. Hastig klatschte ich einen Schnitz Butter auf mein Pausenbrot und verabschiedete mich mit knappem Gruß.

Obwohl noch über eine halbe Stunde Zeit bis zum Unterrichtsbeginn blieb, raste ich mit dem Rad wie eine Irre dem *Mhm* und meiner Wut davon. Mehr noch als über Jakob ärgerte ich mich über meine unheilbare Naivität. Egal, wie viele Tiefschläge sie erlitt, ließ sie mich zwanghaft Dinge tun, an die ich Hoffnungen knüpfte, von denen ich im Grunde wusste, dass sie unerfüllt blieben. Sie ließ mich Schokoladenkalender anschleppen und insgeheim hoffen, selbst einen zu bekommen, und wurde nicht müde, mir auszumalen, dass meine Mutter nach vierundzwanzig geöffneten Türchen in Seidenpapier verpackt unter dem Weihnachtsbaum saß.

Es ist nicht verkehrt, zu hoffen, verteidigte meine Naivität ihr Tun, und ich konterte zynisch: *Verkehrt nicht. Aber ziemlich dumm.*

Davon unbeeindruckt klammerte sie sich an mir fest, ließ sich – anders als die Wut – nicht abschütteln. Die hatte sich auf dem Weg hinunter in die Stadt zusehends verflüchtigt, war nicht mehr als ein leichter Muskelkater in meinem Bauch, den ich kaum noch spürte, als ich in den Pausenhof der Schule einbog. Im Fahrradkeller fiel mir sofort der Birkenast auf, der über der Tür zum Treppenhaus hing. Obwohl im Winter kaum jemand zur Schule radelte und den Keller nutzte, hatte der

Hausmeister dort dekoriert. Mit Goldfarbe besprühte Holzsterne baumelten am Ast, und als ich unter ihnen hindurchlief, fühlte es sich für einen Moment an, als hätte der Hausmeister sie nur für mich aufgehängt. Ich zwinkerte ihnen zu und stöpselte mir im Treppenhaus die Kopfhörer in die Ohren. Sekunden später flog ich in die Berge, wo meine Freunde schon vor der verschneiten Berghütte auf mich warteten.

Kapitel 2 Jakob

Freitag, 1. Dezember

Aus Hildchens Radio tönte leise, aber unverkennbar ein Weihnachtslied. Sie trug die rote Seidenbluse mit den aufgedruckten Amaryllen. Spätestens jetzt ließ es sich nicht mehr leugnen: Mir standen unangenehme Wochen bevor. Allerorts lauerten goldene Kugeln und gelockte Engel, traditionelles Liedgut und grässliche Popsongs, quälende Schikane für Augen und Ohren. Lediglich der Gaumen kam in dieser Zeit auf seine Kosten, denn Hildchen würde backen. Schon letzte Woche hatte sie mich mit ihrer legendären Marmelade beglückt. Aber das war nur ein schwacher Trost.

Mit finsterem Blick streifte ich das Blumenmuster der Bluse, das sich straff über den üppigen Busen spannte, weil der Stoff weniger nachgiebig war als Hildchens Ausdauer bei immer wieder neu in Angriff genommenen Diäten. »Ist es also wieder so weit«, konstatierte ich missmutig.

»Was soll ich machen?« Wie vor einer höheren Macht kapitulierend, zeigte sie zum Fensterbrett, wo die Spitze einer unscheinbaren Zwiebel aus der dunklen Erde eines Blumentopfs ragte. »Die Amaryllis ist nun mal meine Lieblingsblume. Ich kann nicht genug davon bekommen.«

»Was du nicht sagst.« Jeden Winter hatte mir Hildchen eine Zwiebel für Tilda mitgegeben, die ebenfalls besessen von der Pflanze und deren Pflege war, weil sie glaubte, schon ihre Mutter hätte einst Amarylliszwiebeln aufgestellt, damit diese zu Heiligabend blühten. Jeden Morgen wurde sorgfältig mit einem kleinen Lineal gemessen, wie viel der grüne Trieb schon gewachsen war, und mit einer Akribie die Erde gewässert, dass einem angst und bange werden konnte. Schließlich hatte ich behauptet, dass Tilda allergisch gegen Amaryllis wäre, und die Zwiebeln im Büro gelassen. Dabei war ich es, der auf Tildas Mythos um die Blume allergisch reagierte.

Für einen Schreckensmoment fürchtete ich, Hildchen hätte die erfundene Allergie vergessen, als sie mit spitzbübischem Lächeln verkündete: »Ich hab dir eine Kleinigkeit auf deinen Schreibtisch gestellt.«

Voller Unbehagen trat ich vom Vorzimmer in mein Büro. Die Kladden, Ordner und Papierstapel auf dem Schreibtisch waren zur Seite geschoben und bildeten einen demütigen Kreis um das prall gefüllte Zellophantütchen in der Mitte. Sofort erkannte ich Hildchens berühmte Heinerle. Beim Anblick des Schichtgebäcks lief mir das Wasser im Mund zusammen.

»Sie sind ganz frisch«, sagte Hildchen, die mir gefolgt war. Ihr Blick ähnelte Tildas, die am Morgen förmlich nach Dankbarkeit für den Kalender mit rührseligem Motiv gelechzt hatte, auf den ich gut hätte verzichten können. Meine Dankbarkeit hielt sich bedeckt, zeigte sich grundsätzlich selten und wenn, dann so geschickt maskiert, dass kaum jemand sie bemerkte.

»Sie schmecken sicher so köstlich, wie sie aussehen«, brummte ich hölzern und versuchte, den Mantel abzuschütteln. Die rechte Schulter wurde Jahr um Jahr steifer. Während mein Verstand jung und agil blieb, verwelkte der Rest in einem Tempo, das mich wehmütig stimmte.

Hildchen packte den Mantel und schüttelte mich frei. Als meine Hand aus dem Ärmel glitt, streifte sie über die weiche Seidenbluse und verweilte auf einer der roten Blüten.

Hildchen lächelte. »Ich weiß doch, wie sehr du und Tilda Heinerle mögt.« Mit den Fingerspitzen fegte sie ein paar Schuppen von meinem Pullunder. Meine Hand ruhte unverdrossen auf der Blüte. »Ihr könnt jederzeit Nachschub haben, ich habe die doppelte Menge gemacht.«

Ich suchte nach Worten, die Hildchens Fürsorge angemessen waren, aber das war nicht nötig, sie bediente sich aus meinem Schweigen und nahm sich, was sie brauchte.

»Gern geschehen.« Ihre Nachsicht verstärkte meine Unfähigkeit zu aufrichtiger Dankbarkeit auf unangenehme Weise.

Ich zog die Hand zurück und folgte der Schneise, die Hildchen durch den Papierdschungel auf dem Boden geschlagen hatte, um ihre *Kleinigkeit* zu deponieren. Sie hängte meinen Mantel an den Ständer neben der Tür, trippelte hinter mir her und öffnete das Fenster. Kalte Dezemberluft drängte sich herein und fraß sich feucht vom Nebel durch Pullunder und Hemd geradewegs in meine Haut.

»Hättest du nicht lüften können, bevor ich komme?«, fragte ich unwirsch und fröstelte.

»Deine Laune ist ja wieder eine einzige Freude.« Hildchen schmunzelte, als freute sie sich tatsächlich. Sie rückte heran und schirmte mich gegen die hereinströmende Kälte ab. Augenblicklich stieg mir ihr Duft in die Nase. Mein ganzes Arbeitsleben schon begleitete mich ihr blumiges Parfüm, war ebenso Teil des Inventars geworden wie ihr quietschender Bürostuhl und die geheime Süßigkeitenschublade. »Sag schon, was hat dir die Stimmung so verhagelt?«

»Meine Stimmung ist prächtig«, widersprach ich.

Mit resolutem Griff schloss Hildchen das Fenster, verschränkte die Arme und sah mich auffordernd an. Sie würde nicht eher Ruhe geben, bis ich eine zumindest halbwegs glaubwürdige Antwort lieferte. Ein Blick zur Uhr zeigte, dass ich die Inquisition rasch beenden musste, andernfalls blieb vor der ersten Vorlesung kaum noch Zeit für ein kleines Pfeifchen.

»Tilda hat mir einen Kalender gekauft. Schweizer Pralinen.«

Hildchens Augen hinter der goldenen Brille funkelten.

»Pralinen«, seufzte sie verträumt. Ihre Leidenschaft für Süßes war annähernd so gewaltig wie die für Amaryllis. »Wie lieb von ihr.«

Ich schnaubte. »Ich habe sie nicht darum gebeten.«

Sie legte den Kopf schief und las in meinem Schnauben wie in einem offenen Buch. »Lass mich raten. Du hast ein schlechtes Gewissen, weil du nicht daran gedacht hast, einen Kalender für sie zu besorgen.« Es war erschreckend, wie gut sie über meine Defizite Bescheid wusste. »Warum hast du denn nichts gesagt? Ich hätte mich doch gekümmert.« Wie all die Jahre zuvor, wenn ich es versäumt hatte, mich zu kümmern.

»Tilda ist sechzehn. Woher soll ich wissen, dass sie auf derartige Kindereien noch Wert legt?« Ich wusste sehr wohl, dass meine Tochter erwachsener wirkte als Gleichaltrige, im Grunde aber noch immer im Kokon ihrer Kindheit steckte.

»Noch ist es nicht zu spät.« Hildchen hatte immer eine Lösung parat. »Ich kann in der Mittagspause einen Kalender besorgen, den du ihr heute Abend mitbringen kannst.«

»Tilda wird den Dezember auch ohne tägliche Dosis Süßkram überstehen. Zu viel Zucker ist ohnehin ungesund.«

Ebenso resolut wie zuvor den Fenstergriff packte Hildchen meinen Arm und bedachte mich mit strengem Blick. »Natürlich wird sie das. Tilda hat schon ganz andere Sachen überstanden. Aber sie muss ohnehin schon auf so viel verzichten, da kannst du ihr wenigstens einen verdammten Kalender kaufen!«

Ich kannte das Feuer, das in Hildchen loderte, die Leidenschaft, die sich hinter ihrer mütterlichen Gute-Seele-für-alles-Attitüde verbarg, für die meine Studentinnen und Studenten sie so liebten. Ich persönlich begeisterte mich für beides. Die Mütterlichkeit und das Feuer.

Mit flüchtigem Blick kontrollierte ich die Tür. Hildchen hatte sie geschlossen, wie immer, wenn wir morgens ungestört die Termine des Tages durchgehen wollten. Zumindest war das die offizielle Erklärung. Ich beugte mich vor, streifte Hildchens erwartungsvoll gespitzten Mund und spürte, wie ein Hauch des beerenroten Lippenstifts, der ihre Tassenränder schmückte und im Laufe des Tages verblasste, an meiner Unterlippe zurückblieb.

»Bitte tu das nicht«, flüsterte ich, und sie wich verwundert zurück, denn für gewöhnlich ging es mir mit ihren heimlichen Küssen so wie ihr mit Süßigkeiten: Wir bekamen nicht genug davon.

»Ich meine den Kalender«, beeilte ich mich, zu sagen. »Es wird Zeit, lächerliche Traditionen abzuschaffen, denen man irgendwann entwachsen ist.« Ich tarnte mein Versäumnis als pädagogischen Kniff und hoffte, glaubwürdig zu klingen.

Aber Hildchen kannte mich besser. Mit dem Zeigefinger tupfte sie die Farbe von meiner Lippe. Das Mütterliche bereinigte die flüchtigen Spuren ihrer Leidenschaft. »Deine Tochter denkt offenbar nicht, dass man jemals zu alt für einen Adventskalender sein kann«, konterte sie streng. »Aber bitte, es ist deine Entscheidung.« Dann wurde ihr Lächeln milder, und sie zeigte auf die Uhr. »Wir besprechen deine Termine nach der Vorlesung. Du solltest dich mit dem Pfeifestopfen beeilen. Deine Studentinnen und Studenten warten schon auf dich.« Es klang wie eine Drohung.

Ich dachte an Tilda, die ebenfalls angekündigt hatte, am Abend mit Suppe auf mich zu warten. Auch das eine Drohung.

»Denkst du an meine Besprechung mit Heinrich um halb sechs?«, rief ich Hildchen nach, die sich anschickte, zu gehen. »Nicht, dass du mir noch einen Studenten für eine Privataudienz auf den Hals hetzt!«

»Natürlich«, erwiderte sie amüsiert, wohl wissend, was es mit besagter Besprechung auf sich hatte, und zog sich in den Vorraum zurück. Was blieb, waren ihr Duft, das Echo ihrer Lippen auf meinen und die Gewissheit, was sie tun würde, sobald sie an ihrem Schreibtisch saß. Die Tür war nur angelehnt, und ich zählte langsam von zehn rückwärts. Bei null klapperte wie auf Kommando eine Schublade, und ich hörte Folie knistern.

Kein Morgen ohne Belgische Muscheln, dachte ich und lächelte. Aber mein Lächeln erstarb schnell, als mir bewusst wurde, dass ich meine Sekretärin besser kannte als meine eigene Tochter.

Kapitel 3 Elias

Freitag, 1. Dezember

Nie war die Parkplatzsuche frustrierender als um diese Uhrzeit. Da half auch mein Bewohnerparkausweis nichts. Ich war fest davon überzeugt, dass die Stadt mehr Ausweise ausstellte, als überhaupt Parkplätze zur Verfügung standen, einfach nur um den Leuten den Tag zu versauen. In solchen Momenten dachte ich wehmütig, wie bequem alles gewesen war, als ich noch bei meinen Eltern gewohnt hatte, in deren Einfahrt alle Autos der Familie Platz fanden, sogar der Audi, den sie mir zum achtzehnten Geburtstag geschenkt hatten. Trotzdem hätte ich die kleine Dachgeschosswohnung in der Sanderau um nichts in der Welt getauscht. Nichts war besser, als dort mit Sophie zu wohnen, auch wenn die Wohnung klein und unser Alltag weder spektakulär noch aufregend war. Sophie war beides, und das genügte. Ich erweiterte den Radius meiner Suche und fluchte bei der Vorstellung, den beträchtlichen Stapel Bücher auf dem Beifahrersitz kilometerweit schleppen zu müssen. Ein paarmal hatten die Sensoren im Sitz angeschlagen, weil sie einen nicht angeschnallten Beifahrer vermuteten. Es war nicht sehr schlau gewesen, alle Bücher, die mein Professor in seiner Vorlesung erwähnt hatte, gleichzeitig in der

Bibliothek auszuleihen. Basti hatte recht mit dem, was er neulich gesagt hatte.

»Du übertreibst echt, Alter. Machst du noch etwas anderes, als vierundzwanzig Stunden am Tag angefixt über deinen Büchern zu hängen?«

»Jetzt übertreibst du«, hatte ich halbherzig widersprochen, denn seit Semesterbeginn schlug ich tatsächlich immer wieder Verabredungen und Treffen aus, um über meinen Büchern zu hängen. Aber ich konnte nicht anders. Sie waren Ersatz für den Stoff, der mich so lange high gemacht hatte. Die orangene Lederpille, die man nicht schlucken, aber werfen konnte. Oder mit beiden Händen in einen Korb stopfte. Nach dem unerwarteten kalten und harten Entzug musste ich mir eine neue Droge suchen, eine, für deren Konsum ich nur den Verstand brauchte und deren Wirken mein lädierter Körper nicht im Weg stand.

Am Ludwigskai, auf Höhe des Sebastian-Kneipp-Stegs, fand ich einen freien Parkplatz. Ich schätzte die Entfernung auf knapp eineinhalb Kilometer, klemmte mir die Lehrbücher als unhandlichen Stapel unters Kinn und machte mich auf den Weg.

Pünktlich zum ersten Dezember waren einige Fenster der Erdgeschosswohnungen schon geschmückt. Ich lenkte mich damit ab, schrille LED-Schläuche mit Farbwechsel, bunte Plastiksterne und kitschige Wackelschneemänner zu zählen. Es waren mehr, als guter Geschmack vertragen konnte. Dabei war ich Kummer gewohnt, denn meine Mutter fing schon Mitte November an, mit täuschend echtem Kunstschnee bestäubte Tannengirlanden ums Treppengeländer zu wickeln, filigrane Porzellanelche neben silbernen Kerzenständern weiden zu lassen und flauschige Langhaarfelle auf den Stühlen zu verteilen. Weder bunt noch schrill und nur in Maßen kitschig, aber trotzdem viel zu viel. Wie so ziemlich alles an meiner Mutter.

Nach ein paar hundert Metern wurden mir die Arme schwer, bald verloren auch meine Schritte an Geschwindigkeit. Es sei normal, sagte mein Arzt bei jeder Kontrolle, dass ich noch immer so schnell erschöpft war. Mit zusammengebissenen Zähnen lief ich weiter, zählte Schritte statt Sterne und erreichte den Altbau mit unter der Mütze dampfendem Schädel. Schweiß rann in Strömen meine Schläfen entlang, und ich schnaufte, als hätte ich alle Viertel eines Basketballspiels samt Verlängerung hinter mir. Dabei stand mir mit dem Treppenhaus die wirkliche Herausforderung erst noch bevor.

Meine Mutter verstand bis heute nicht, wieso Sophie und ich uns ausgerechnet für die Dachgeschosswohnung entschieden hatten. Basti, der gleich nach dem Abi in die Firma seines Vaters eingestiegen war, hatte sie uns vermittelt. Mir war scheißegal gewesen, ob unsere erste gemeinsame Wohnung unter dem Dach, im Keller oder dem letzten Winkel einer Scheune lag, wichtig war nur, schnell von zu Hause aus- und mit Sophie zusammenzuziehen. Trotz der vielen Treppen und der Schrägen, die mir zahlreiche Beulen verpasst hatten, ehe ich herausfand, wo ich besser den Kopf einzog, hätte ich mir keinen besseren Ort vorstellen können, was weniger an der Wohnung als an Sophie lag. In ihrer Nähe fühlte ich mich wie am besten Ort der Welt. Angekommen. Zu Hause. Allein an sie zu denken reichte aus, mich nicht länger vor den unzähligen Stufen zu fürchten, die ich zu bewältigen hatte. Nur mein Knie quengelte kurz, wollte sich ausruhen, hochgelegt und mit Eis gekühlt werden. Ich ignorierte die Quengelei. Es hatte lange genug irgendwo herumgelegen, sich in Orthesen ausgeruht und unter eiskalten Coolpacks vor sich hin gefroren. Jetzt sollte es einfach nur funktionieren. Vor allem heute Abend. Der erste Probetag stand an. Oder besser: die erste Probenacht. Der Job im *Circle* war ein Glücksfall. Basti, der noch immer gern und viel feiern ging, hatte mitbekommen, dass der Club einen neuen Selektor suchte, nachdem der alte wegen irgendwelcher Drogengeschichten gefeuert worden war.

»Man muss eigentlich nichts tun, außer gut auszusehen«, hatte er gesagt und mir grinsend in die Wange gekniffen. »Also perfekt für dich.«

Der Besitzer des Clubs sah das offenbar ähnlich. Ein prüfender Blick auf meine Größe und mein Gesicht hatten ihn überzeugt, mich einen Monat zur Probe an die Tür zu stellen. »Dann werden wir sehen, ob das funktioniert.«

Und ich wollte verdammt noch mal, dass es funktionierte.

Keuchend quälte ich mich die Stufen hinauf. In der zweiten Etage hatten die Nachbarn ihre Wohnungstür mit einem voluminösen Tannenkranz behängt, der schon beim schwachen Luftzug, den ich im Vorbeilaufen erzeugte, nadelte. Immerhin half der schwache Duft des Gestrüpps gegen den kohlartigen Gestank, der heute wie so oft durchs Treppenhaus waberte. Im obersten Stockwerk angekommen, schloss ich die Wohnungstür auf und setzte den Bücherturm vorsichtig auf dem Flurboden ab. Hier roch es nie nach Kohl, selbst wenn wir welchen kochten, sondern immer nach den stark parfümierten Duftkerzen von *IKEA*. Schon früher hatte Sophie immer Unmengen dieser Kerzen angezündet, wenn wir in ihrem Zimmer rumgemacht hatten. Seitdem waren ihre Küsse so eng mit dem Duft verknüpft, dass sofort Sophie in meinen Gedanken auftauchte, sobald ich Beeren oder Vanille roch. So wie jetzt, während ich Jacke und Schuhe auszog. Der Gedanke war so intensiv, dass ich sogar glaubte, ihre Stimme zu hören. Erst als sich Millas Stimme daruntermischte, wurde mir klar, dass es sich bei Sophies vertrautem Singsang nicht um eine lustvolle Spielerei meiner Fantasie handelte.

Ich entdeckte die beiden im Wohnzimmer. Oder was vom Wohnzimmer, so wie ich es kannte, noch übrig war. Kaum hatte ich die Tür geöffnet, wich ich unwillkürlich zwei Schritte zurück, um möglichst viel Abstand zwischen mich und das Chaos zu bringen: Der Boden war übersät mit transparenten Schachteln bunter Christbaumkugeln, mehreren Stoffballen, Kassenbons, achtlos aufgerissenen Folienverpackungen, nur halb zusammengesteckten Holzsternen, Blockkerzen und Servietten mit Weihnachtsmotiven. Als hätten überdrehte Kinder ihre neuen Spielsachen ausgepackt und durcheinandergeworfen, um sich dann mit etwas ganz anderem zu beschäftigen. Auf dem Tisch unter dem Dachfenster standen sich zwei Nähmaschinen gegenüber. Sowohl die Maschinen als auch Sophie und Milla ratterten gleichzeitig, dazu fiepte Mariah Carey aus den Boxen. Sophie liebte das *Merry Christmas*-Album. Auch dazu hatten wir uns früher schon innig geliebt.

»Echt jetzt?«, fragte ich mit einem Anflug von Verzweiflung. »Die Weihnachts-CD?«

Erschrocken fuhren die beiden zusammen, und die Nähmaschinen verstummten. Was Mariahs schrilles Gezirpe nur mehr Raum ließ, sich unheilvoll in höhere Oktaven zu schrauben und zu verkünden, dass Santa Claus in die Stadt kam.

»Du bist schon da!« Sophie sprang auf und tänzelte auf Zehenspitzen über die wenigen freien Flächen auf dem Boden zu mir. Mit geröteten Wangen schlang sie einen Arm um meine Taille und zeigte mit der freien Hand auf das Chaos zu unseren Füßen. »Milla und ich waren shoppen!«

»Tatsächlich?« Ich tat erstaunt und drückte sie sanft an mich.

»Siehst du den Stoff? Wir nähen Kissenbezüge fürs Sofa. Eines ist schon fertig.« Stolz deutete sie auf ein rotes Kissen mit kleinen Elchen, die grüne Schals um den Hals trugen. Der Menge des Stoffes nach zu urteilen, der auf dem Boden lag, war mit einer erschreckenden Anzahl an Kissen zu rechnen. »Gefällt's dir?« Ich suchte nach einer neutralen Antwort und war erleichtert, dass keine erwünscht und Sophies Frage rein rhetorisch war. »Ich hab auch ein bisschen Weihnachtsdekoration gekauft. Und einen künstlichen Baum! Das wird so hübsch, Elias!« Entzückt tätschelte sie meine Brust und hielt dann inne. »Wieso schwitzt du so?«

»Mit der Heizung im Auto stimmt was nicht.«

»Du musst dringend duschen.« Offenbar witterte ihre feine Nase trotz des intensiven Kerzenaromas meinen Schweiß.

»Später«, erwiderte ich und strich mit der Hand über mein stoppeliges Kinn. »Ich muss mich vor der Arbeit ohnehin rasieren.« Mein erster Auftritt als Selektor verlangte ein Höchstmaß an Seriosität. Ich hatte mir extra einen schwarzen Wollmantel und Lederhandschuhe gekauft. Und jede Menge Gel, um Ordnung in das Wirbelschlachtfeld meiner Haare zu bringen.

»Schade«, sagte Sophie, und ich hob peinlich berührt den Arm, um unter meiner Achsel zu schnuppern.

»So schlimm?«

»Auch.« Sie lachte und fuhr mir über die Wange. »Aber ich meinte deinen Bart. Ich mochte den irgendwie.«

»Ich mag ihn auch, aber ich bin jung und brauche das Geld.« Das stimmte nur zur Hälfte, denn die finanzielle Unterstützung meiner Eltern war seit meinem Auszug mehr als großzügig. Genau da lag das Problem. Die monatlichen Einzahlungen auf meinem Konto verdarben mir das Streben nach Unabhängigkeit gewaltig. »Ich ziehe mich schnell um und koche dann Abendessen. Isst du mit uns, Milla? Freitag ist Taco-Tag.«

Ich war nicht überrascht, als Milla den Kopf schüttelte. Mittlerweile war Mariah beim nächsten Song angekommen und kreischte markerschütternd *Hark! The herald angels sing.* Erschrocken zuckte ich zusammen, und Sophie warf lachend den Kopf in den Nacken.

»Nur, dass wir uns richtig verstehen: Die nächsten vier Wochen wird diese CD den Player nicht verlassen!«

»Das habe ich befürchtet.« Ergeben streichelte ich ihr Grübchen, das sich schon beim kleinsten Lächeln in ihre Wange bohrte, und zuckte die Schultern. »Irgendwo müssen noch Ohrstöpsel sein. Damit wird's gehen.«

Bevor sie etwas in die Finger bekam, womit sie auf mich losgehen konnte, verschwand ich grinsend in der Küche.

Trotz des Treppenhauses, der Duftkerzen, Dachschrägen und nun auch noch Mariah – ich hatte mich nie wohler gefühlt.

Kapitel 4 Tilda

Freitag, 1. Dezember

»Fertig.« Ich packte den Bleistift in mein Mäppchen und gab Simon das Matheheft zurück. Ohne einen Blick hineinzuwerfen, stopfte er es in seinen Rucksack. Er hatte längst aufgehört, sich dafür zu bedanken, dass ich seine Hausaufgaben erledigte. So sehr war es zur Gewohnheit geworden.

Außer uns war um diese Zeit niemand mehr im Schulhaus. Wir hingen im Fahrradkeller herum, weil keiner von uns nach Hause wollte. Bald würde der Hausmeister kommen und abschließen. Aber ein paar Minuten blieben noch für meinen Krimi. Simon stöhnte gelangweilt und schlenderte zu den Holzsternen am Birkenast. Im Gehen zückte er seinen schwarzen Edding, den er immer in der Manteltasche trug, um allzeit für eine Sachbeschädigung gewappnet zu sein. Manchmal musste er ein politisches Statement loswerden, manchmal wurde aus seinen Kritzeleien echte Kunst. Besonders die Mittelfinger, die er auf Schulbänken und Arbeitsblättern hinterließ, waren mittlerweile stilistische Meisterwerke. Ich beobachtete verstohlen, wie er *Fuck Nazis* auf drei Sterne schmierte, die Lust verlor und zurücktrottete, um sich mein Buch zu schnappen.

»Du und deine Schwedenkrimis.« Er ließ sich auf den Boden fallen, machte es sich mit dem Kopf in meinem Schoß bequem und fing an zu blättern. Bevor sein Edding Parolen oder anstößige Zeichnungen hinterlassen konnte, riss ich ihm das Buch aus der Hand und bedachte ihn mit einem finsteren Blick.

»A penny for your thoughts«, sagte er mit übertrieben britischem Akzent und studierte forschend mein Gesicht.

»Wow. Da hat heute jemand in Englisch aufgepasst«, erwiderte ich, gleichermaßen erstaunt, dass er das Zitat von John Heywood im Halbschlaf überhaupt wahrgenommen hatte und dass er es aktiv in seinen Sprachgebrauch einbaute. Meine Gedanken aber behielt ich für mich. *Ich mag das Gewicht deines Kopfes auf meinem Schoß.*

»Ich passe immer auf.« Simon grinste verwegen. »Aber eben so, dass es niemand merkt.«

Ich wollte gerade zu bedenken geben, dass es andersrum schlauer wäre – vorgeben, dem Unterrichtsgeschehen zu folgen, ohne wirklich zuzuhören –, als Simon plötzlich hochschreckte, wie von einer unsichtbaren Seilwinde in die Höhe gerissen.

»Was zur Hölle war das?« Lauernd sah er sich um.

»Was meinst du?«

»Das Rumpeln. Es klang wie eine Horde Wildschweine.«

»Du spinnst ja.« Ich tippte mir gegen die Stirn, fast beleidigt, dass er beim Knurren meines Magens an eine Rotte Keiler dachte. Auch mein Magen fand den Vergleich unangebracht und knatterte empört. Er hatte den ganzen Tag nur ein läppisches Butterbrot abbekommen und war entsprechend übellaunig.

Simon sprang auf und streckte mir die Hand entgegen. »Komm mit, wir besorgen was zu futtern für die Wildschweine. Hungrig sind sie unberechenbar.«

Ich wusste, was Simon unter *besorgen* verstand. Trotzdem ergriff ich seine Hand und ließ mich mit so viel Schwung auf die Beine ziehen, dass ich gegen seine Brust prallte. Überfordert wich ich seinem Blick aus und starrte stattdessen auf seine Lippen, die schön wären, würde er nicht unablässig daran herumkratzen und kleine Hautfetzen abreißen. Ich starrte wohl einen Augenblick zu lange, denn Simon drehte sich zu meinem rechten Ohr und riss mich brüllend aus meiner Reglosigkeit. »Aufwachen, Tilda!«

»Spinnst du?« Mein Trommelfell surrte. »Willst du, dass ich einen Tinnitus bekomme?«

»Auf keinen Fall! Du weißt, deine Ohren sind mir heilig!«

Er betrieb einen merkwürdigen Kult um meine Segelohren, die er *Koalaohren* nannte. Was wenig schmeichelhaft klang, wenn man sich das Aussehen eines Koalas vor Augen führte, war bei Simon durchaus als Kompliment zu verstehen, denn er liebte die australischen Beutelsäuger. »Jeder hält sie für dumm, weil sie den ganzen Tag nur herumhängen und Eukalyptus fressen. Dabei sparen sie einfach nur Energie.«

Grinsend spielte er an meiner Ohrmuschel und noch während ich versuchte auszuweichen, donnerte ein wütendes »Finger weg!« durch den Fahrradkeller. Mit dröhnenden Schritten stürmte der Hausmeister auf uns zu. Der graue Komet, wie er von den Schülern genannt wurde, rasselte drohend mit seinem Schlüsselbund, und der graue Kittel, dem er den Spitznamen zu verdanken hatte, wehte wie eine aufgeblähte Fahne hinter ihm her. »Finger weg, hab ich gesagt!«

Todesmutig schob ich mich zwischen Simon und den heranrasenden Kometen. »Es ist alles okay!«

»Den Eindruck hatte ich nicht.« Dicht vor mir kam er zum Stehen, und der Kittel legte sich sanft um den bulligen Körper.

»Wirklich, es ist alles in Ordnung«, beteuerte ich, weil Simon keinen Ärger brauchen konnte. Der wusste das und ergriff schleunigst die Flucht.

Der graue Komet sah ihm nach und begleitete mich wie ein Bodyguard zu den Fahrradständern. »Du musst dir das nicht gefallen lassen.«

»Wir haben nur rumgealbert.« Ich löste das Schloss und schob mein Rad zur Tür, die hinaus auf den Pausenhof führte. Der Hausmeister stemmte sich dagegen und hielt sie mir auf. Draußen nieselte es.

»Komm gut nach Hause, Tilda. Und lass dich von dem Clown nicht ärgern.«

»Keine Sorge.« Ich blinzelte gegen den Regen. »Tschüss, Gustav.« Nur wenige kannten Gustavs richtigen Namen. Er hatte ihn mir verraten, als ich neu an der Schule war und den Keller für mich entdeckt hatte. Seitdem schloss er diesen Raum als Erstes auf und als Letztes ab und drehte im Winter die Heizung auf, damit ich nicht fror.

Am Schultor wartete Simon und trat ungeduldig von einem Fuß auf den anderen. Die Sohlen seiner Dr. Martens knarzten.

»Krass, wie schnell man unter Verdacht gerät, oder?«, rief er mir zu, und als ich nicht antwortete: »Kein Kommentar? Auch gut. Aber kannst du dich vielleicht ein bisschen schneller bewegen? Es pisst!« Niemand wusste besser als er, wie schnell man zu Unrecht verdächtigt wurde, nur weil man in einer entsprechenden Schublade steckte.

»Setz dir halt eine Kapuze auf.«

»Hab keine. Außerdem würde das meine Frisur ruinieren.« Für jemanden, der seine Verwahrlosung ausgiebig zelebrierte, war Simon sehr eitel.

Demonstrativ zog ich die Kapuze meines Anoraks tief in die Stirn, schloss zu ihm auf und führte das Rad zwischen uns über den nassglänzenden Asphalt. »Mir macht der Regen nichts.«

»Natürlich nicht. Du bist aus Teflon.«

»Ganz genau.«

Er hatte nicht die leiseste Ahnung, wie viele Kratzer meine Teflonschicht im Laufe der Jahre schon bekommen hatte.

Nicht weit von der Schule entfernt lag ein in die Jahre gekommener Supermarkt, den regelmäßig Invasionen von Schülerinnen und Schülern überfielen wie eine biblische Plage.

Ich befestigte mein Rad an einem Laternenmast und ließ an der Automatiktür einer alten Dame mit Einkaufstrolley den Vortritt. Simon wiederum ließ mich vor und verbeugte sich so tief, dass die Spitzen seiner Haarstacheln fast den Boden berührten.

»Bitte sehr, Gnädigste! Nach Ihnen, Teuerste!«

»Lass den Scheiß«, zischte ich und marschierte an ihm vorbei. Direkt hinter der Eingangstür stand ein Aufsteller, den die Kundschaft auf keinen Fall übersehen sollte. Adventskalender in allen Variationen, gefüllt mit Gummibärchen, Chips oder Überraschungseiern. Mechanisch wie der Greifarm eines Spielautomaten, in dem man nach billigen Kuscheltieren angelte, schoss meine Hand nach vorn und sicherte sich den erstbesten Kalender. Es war der mit Gummibärchen.

»Das wird deinen Hunger aber nicht stillen. Außerdem, wenn du noch ein paar Tage wartest, gibt's die Dinger billiger. Dann will sie keiner mehr haben.«

»Ich will sie aber haben, wenn alle sie wollen«, konterte ich und drückte den Kalender fest an mich, als wollte er ihn mir wegnehmen. Dabei mochte ich Gummibärchen nicht mal besonders.

Simon zuckte die Schultern und schlenderte in Richtung Süßigkeitenregal.

»Behalte deine Finger bei dir!«, rief ich ihm nach, aber er war schon verschwunden. Simons Hang zur Kleptomanie hatte in letzter Zeit bedenkliche Züge angenommen. Es war absurd, dass er Schiss hatte, seinem Vater die Fünf in der Chemieklausur zu beichten, die wir heute zurückbekommen hatten, aber keinerlei Skrupel verspürte, bei einem Ladendiebstahl erwischt zu werden. Kriminell zu sein schmerzte ihn nicht. Wenn ihn jemand für dumm hielt, schon.

Auf dem Weg zur Kasse ging ich im Kopf alle Zutaten für die Kürbissuppe durch, die ich zum Abendessen kochen wollte, und entschied spontan, noch ein Baguette und Kräuterbutter mitzunehmen. Vor den Kühlregalen kam ich am Gang mit den Süßigkeiten vorbei. Simon war nirgends zu sehen.

Auch bei den alkoholischen Getränken nicht. Erst als ich wenig später mit meinen Einkäufen unterm Arm den Supermarkt verließ, entdeckte ich ihn am Laternenmast neben meinem Fahrrad lehnen. Ich klemmte den sperrigen Kalender auf den Gepäckträger, verstaute die Butter im Rucksack und brach vom Baguette die Spitze ab, damit es ebenfalls hineinpasste. Ich teilte sie in zwei halbwegs gleichgroße Stücke, reichte eines Simon und stopfte mir gierig das andere in den Mund.

»Und jetzt schweigt still, ihr tollwütigen Wildschweine!«, postulierte er kauend und zog einen Schokoladennikolaus unter dem Mantel hervor. »Für dich. Damit du ihn vor allen anderen bekommst.«

Enttäuscht wich ich zurück. »Du kannst es einfach nicht lassen, oder?«

»Jetzt nimm schon. Dein Alter denkt bestimmt nicht dran.«

Für wen hielt er sich? Nostradamus?

»Ich will deinen geklauten Scheiß nicht.« Ohne Simon noch eines Blickes zu würdigen, setzte ich den Rucksack auf, stieg auf mein Rad und fuhr davon.

Kapitel 5 Jakob

Freitag, 1. Dezember

Kaum hatte ich das Haus betreten, roch ich es schon. Tilda hatte gekocht. Ich zog Mantel und Schuhe aus, kramte nach dem mittlerweile leicht lädierten Zellophantütchen und betrat die Küche, wo Tilda in ein Buch vertieft am gedeckten Tisch saß. Sie hatte nicht nur gekocht, sondern auch mit dem Essen gewartet.

»Sagte ich nicht, dass es spät werden würde?«, begrüßte ich sie verdrießlich, und Tilda klappte das Buch zu.

»Je länger die Suppe vor sich hin köchelt, desto besser schmeckt sie.« Sie stand auf, schaltete den Herd aus und stellte den Topf neben ein Brett mit aufgeschnittenem Baguette und einer Schale Kräuterbutter.

Umständlich stellte ich die Tüte mit den Plätzchen daneben. »Hildchen hat gebacken.«

Tilda griff behutsam nach der Tüte, als handelte es sich beim Inhalt um weitaus Wertvolleres als Gebäck.

Wie wenig es doch braucht, um ihr eine Freude zu machen, dachte ich beschämt. Und doch wollte es mir nie gelingen.

Ich nahm Platz und bestrich ein Stück Baguette mit weicher Butter. »Genau die richtige Konsistenz«, lobte ich schwerfällig und zeigte mit der Messerspitze auf einen der grünen Partikel in der Butter. »Und sogar noch gesund.«

»Französische Kräuter«, erklärte Tilda und musste sichtbar an sich halten, keine Einwände gegen meine ernährungswissenschaftliche Fehleinschätzung von Butter zu erheben, während ich mir wiederum mühevoll einen Kommentar verkniff, dass nicht alles aus Frankreich einer Delikatesse gleichkam, was das labbrige Baguette eindrucksvoll bewies. Ich spülte Kommentar und Baguette mit einem Löffel Suppe hinunter, die köstlich schmeckte, und obwohl mein anerkennendes Schlürfen für sich stand, schickte ich sicherheitshalber ein verbales Kompliment hinterher. »Nicht schlecht, die Suppe.«

»Ich hab frischen Ingwer mitköcheln lassen. Stand zwar nicht im Rezept, aber ich dachte, das passt.«

Ich nickte zustimmend. Damit waren genug Höflichkeiten über die Suppe ausgetauscht, und ich durfte auf ein ruhiges Essen hoffen. Doch Tilda hatte offenbar Gesprächsbedarf.

»Es gibt da eine Sache, über die ich mit dir reden muss.«

»Jetzt?« Sachen, über die man reden *musste,* waren meist von der unangenehmen Sorte. Es wäre eine Schande, sich die Kürbissuppe mit einer solchen Sache zu verderben.

»Nein, ich meine …« Tilda stotterte irritiert. »Wir können auch ein anderes Mal …«

Hildchens strenge Stimme mischte sich unter das Stottern.

Sie hat für dich gekocht, rügte sie, *also höre ihr wenigstens zu!*

»Schon gut.« Ich winkte ab und bemühte mich, interessiert zu wirken. »Worum geht es?«

»Das Weihnachtskonzert. Es findet in der letzten Woche vor den Ferien statt. Du musst natürlich nicht hingehen, aber vielleicht magst du etwas spenden. Dieses Jahr fließt das Geld in die Schulbücherei, um neue Bücher anzuschaffen.«

Nun horchte ich doch genauer hin. Nicht, weil sie an mein Geld wollte, mit dem ich mich bequem vom Besuch des Weihnachtskonzerts freikaufen konnte. Eher sorgte ich mich um das, was mit meiner Geldspende passieren würde. Soweit ich wusste, betreute Tilda einmal in der Woche die Schulbücherei. Oder zumindest hatte sie das mal. Manchmal erschrak ich, wie wenig ich über meine Tochter wusste.

»Wer wird die Auswahl der Bücher treffen?«

»Ich«, antwortete sie zögerlich, als befürchtete sie, diese Tatsache würde Auswirkungen auf meine Spendenbereitschaft haben. »Herr Heiler, der zuständige Lehrer für die Bücherei, muss meine Vorschläge natürlich absegnen.«

Ein übler Verdacht schlich sich heran. »Und welche Bücher gedenkst du, vorzuschlagen?«

»Keine Ahnung … Ich hab noch nicht darüber nachgedacht.« Wieder Stottern, dieses Mal eines von der ertappten Sorte, weil Tilda natürlich sehr wohl nachgedacht hatte. Verstohlen drehte sie ihr Buch um, aber ich hatte das rote Holzhaus längst gesehen. Sie hatte diesen bedauerlichen Hang zu skandinavischer Folklore, hörte in ihrem Zimmer schwedische Popsongs, las skandinavische Thriller und buk immer wieder furchtbar pappige Zimtschnecken. Ich hätte ihr niemals verraten dürfen, dass Asta in ihre Heimat Schweden zurückgekehrt war. Je weniger sie über ihre Mutter wusste, desto besser.

Ich beugte mich über den Tisch und bedachte Tilda mit jenem strengen Blick, den ich sonst für meine Studentinnen und Studenten aufsparte. »Deine durchschnittliche Lebenserwartung liegt bei etwas über achtzig Jahren. Du kannst lesen, seit du fünf Jahre alt bist, das macht rund fünfundsiebzig Lesejahre, vielleicht achtundsiebzig. In Relation zu der Fülle an Büchern, die es wert sind, gelesen zu werden, ist das erschreckend wenig. Es wäre töricht, sie an diesen Schund zu verschwenden.« Anklagend deutete ich auf das zweifellos in die Schund-Kategorie fallende Buch.

Beschämt schob Tilda das angeklagte Objekt Richtung Tischkante, von wo aus es mit aufdringlichem Gepolter auf den Boden fiel. Selbst im Sturz war diese Art der seichten Unterhaltung noch unerträglich.

Trotzdem nickte ich. »Das ist das Beste, was du damit machen kannst.« Eine Weile war nur noch das Klappern unserer Löffel zu hören, die auf ihrem Weg durch die sämige Suppe gelegentlich an den Tellerrand stießen.

Jetzt reiß dich aber mal zusammen!, wetterte Hildchen ungehalten. *Deine Tochter betreut ehrenamtlich die Schulbibliothek und entbindet dich von der elterlichen Pflicht, ein Weihnachtskonzert zu besuchen! Das Einzige, worum sie dich bittet, ist ein kleiner Beitrag für das Spendenprojekt, und du mokierst dich über ihren Büchergeschmack!*

Obwohl Hildchen nur in meinen Gedanken mit mir ins Gericht ging, fühlte ich mich zurechtgestutzt wie ein Schulbub und knickte augenblicklich ein. »Fünfzig Euro sollten reichen, oder?«

»Wirklich?« Auf ungläubiges Staunen folgte umgehend jener unangenehme Eifer, den Tilda bisweilen an den Tag legte, wenn sie spürte, dass ich zugänglich wurde. »Fünfzig Euro sind mehr als großzügig. Du kannst die Liste natürlich sehen, bevor ich sie abgebe. Oder selbst Vorschläge machen.«

Ich winkte ab. Im Grunde war es mir egal, welche Bücher im Abstellraum eines städtischen Gymnasiums herumstanden, in den sich, außer meiner Tochter, vermutlich kaum jemand verirrte, geschweige denn eines der Bücher las. Tildas Lippen verzogen sich zu einem seltenen Lächeln. Ich erschrak jedes Mal aufs Neue, wie sehr es dem ihrer Mutter glich. Schnell wechselte ich das Thema.

»Gibt es sonst noch *Sachen* in der Schule, die ich wissen müsste?« Elternsprechtage mied ich, und solange kein Anruf von Tildas Lehrerinnen oder Lehrern kam, ging ich davon aus, dass nichts im Argen lag. Trotzdem fragte ich hin und wieder nach, wie es so lief. Meine Tochter war klug, das zeigten ihre Zeugnisse, und eines Tages würde sie eine patente Akademikerin abgeben.

Tilda wischte die Reste Suppe mit einem Stück Baguette aus dem Teller, bis er glänzte wie frisch aus der Spülmaschine geräumt. »Nichts Besonderes«, sagte sie und schob sich das Brot in den Mund. Fast ging im Kauen unter, was sie leise ergänzte. »Nur eine Eins in Chemie.« Sie schien keine Reaktion von mir zu erwarten und nahm beim Aufstehen den blank polierten Teller mit.

Ohne dass Hildchen mich in Gedanken ermahnen musste, suchte ich nach anerkennenden Worten, fand auf die Schnelle nur ein albernes »Famos!«, das Tilda traf wie ein Blitzschlag. Ihr Kopf fuhr herum, und sie sah mich an, als hätte sie sich verhört. Ich wollte meine ungeschickte Formulierung gerade relativieren, die eher auf die Tribüne eines Zirkus gehörte, wo Jongleure acht Keulen in der Luft hielten und dabei auf einem Fass balancierten, als ich das Leuchten in Tildas fast schwarzen Augen bemerkte. Mein *Famos!* schimmerte darin wie ein Scheinwerfer, und ich ließ es ihr.

»Du kannst ruhig schon nach oben gehen«, sagte ich stattdessen. »Das Geschirr übernehme ich.« Was nach gerechter Arbeitsteilung klang – immerhin hatte Tilda sich schon ums Kochen gekümmert –, war in Wahrheit der Versuch, die unangenehme Situation schnell aufzulösen.

»Sicher?«

»Natürlich.« Ich deutete auf ihren Teller, den sie noch immer in der Hand hielt. »Du hast ja schon vorgespült. Und vergiss die Heinerle nicht.«

»Wie könnte ich.« Sie angelte nach der Tüte und drückte sie behutsam an ihre Brust. »Gute Nacht.«

»Gute Nacht, Kind.« Manchmal musste ich es laut aussprechen, um nicht zu vergessen, dass sie genau das war. *Mein Kind*. Obwohl sie natürlich längst keines mehr war, sondern eine junge Frau, die bedauerlicherweise quälende Ähnlichkeit mit einer anderen jungen Frau hatte, die ich einst zu kennen glaubte.

Mein Kind – selbst gedacht blieben die Worte sperrig – schloss leise die Tür hinter sich, und meine Gedanken verfingen sich zwischen Vergangenheit und Gegenwart. Mit Mühe riss ich mich los, versorgte das Geschirr und wischte den Tisch sauber. Dabei stolperte ich über das Buch, das nach seinem Sturz noch immer auf dem Boden lag.

»*Eiskalte Spuren – Lisa Larssons dritter Fall*«, las ich laut und betrachtete das Cover. Tiefe Fußabdrücke, die wohl von einem schwergewichtigen Preisboxer mit Schuhgröße 50 stammten, führten zu einem einsamen roten Holzhaus im Wald. Winzige Blutstropfen folgten der Spur und leuchteten grell im Schnee. »Wer zum Teufel liest so was?«

Ich tauschte den Spüllappen gegen ein Weinglas und füllte es mit dem restlichen Burgunder vom Vorabend. Nach einem tiefen Schluck fiel ich auf den Stuhl zurück, schlug das Buch auf und vergeudete meine immer weniger werdende Lesezeit mit Lisa Larssons drittem Fall.

Kapitel 6 Lea

Mittwoch, 6. Dezember

»Aber nicht alle auf einmal, okay?«

»Ja, Mama.« Genervt verdrehte Lars die Augen und schüttete die prall gefüllte Filzsocke vor sich aus. Gleich nach dem Aufstehen hatte er ihn aufgeregt vom Kamin gepflückt, mehr Kind als Teenager, was mich ein klein wenig über die erstmals von vier auf drei geschrumpfte Anzahl Nikolaussocken hinwegtröstete, die ich am Abend zuvor aufgehängt hatte. Um den fehlenden zu kompensieren, hatte ich die restlichen besonders üppig gefüllt, selbst meinen eigenen. Der Kilo-Beutel feinsten Bio-Matcha-Tees aus Japan hatte kaum hineingepasst.

Lars entfuhr ein leises »Wow«.

»Maximal einen am Tag!«, mahnte ich erneut. »Zu viel Protein ist genauso schlecht wie zu wenig.«

»Ja, Mama«, wiederholte er, und es klang wie *Nerv nicht, Mama.* Trotz seines sonnigen Gemüts blieben mir Anflüge hormongesteuerten Aufbegehrens in letzter Zeit nicht erspart. Immerhin pubertierte er vergleichsweise mild, zermürbende Diskussionen, wie ich sie mit seinem Bruder geführt hatte und zum Teil auch jetzt noch führte, gab es kaum. Lars war umgänglich und pflegeleicht, um ihn brauchte man sich selten

Sorgen machen. Auch das ein wesentlicher Unterschied zu Elias.

Lars sortierte das Dutzend Riegel quer über den Tisch wie früher seine Matchboxautos. »Echt cool, Mama, dass du nichts mehr gegen die Dinger hast. Weil ich noch im Wachstum bin und so.«

»Dass ich nichts mehr dagegen habe, ist etwas übertrieben.« Noch immer hatte ich Vorbehalte gegen die Protein Bars, aber seit Lars' Trainer zusätzliche Trainingszeiten vor der Schule eingeführt hatte, kam ich kaum noch hinterher, den Kalorienbedarf meines Sohnes zu decken. »Versprich mir einfach, nicht zu übertreiben, okay?«

Statt einer Antwort riss er die erste Verpackung auf und stopfte sich einen kompletten Riegel quer in den Mund.

Wie so oft bereute ich es, meine Meinung geändert zu haben. Immer wieder warf ich jahrzehntelang gehütete Überzeugungen über Bord. Victor behauptete, ich wäre das beste Beispiel pathologisch konsequenter Inkonsequenz, und ich fürchtete, er hatte recht. Niemals wollte ich die Sorte Mutter sein, die ihre Kinder zur Volljährigkeit mit übertriebenen Geschenken überschüttete. Trotzdem stand damals an Elias' achtzehntem Geburtstag ein frisch aus dem Werk gerollter Audi mit Schleife auf der Motorhaube in der Einfahrt. Jahrelang bemühte ich mich, meinen Jungs einzuimpfen, wie unerlässlich Eigenständigkeit im Leben war, nun zahlte ich, gegen Elias' Willen, monatlich die Hälfte der Miete auf sein Konto. Wichtiger als seine Eigenständigkeit war mir nun, ihm das Leben so leicht wie möglich zu machen, ohne, dass er zusätzlich zum Studium noch arbeiten musste. Das Gleiche galt für Lars. Wenn ihm die Eiweißriegel den nötigen Proteinschub verpassten, den er für sein Schwimmtraining in aller Herrgottsfrühe brauchte, dann sollte er sie haben. Erfreulicherweise wusste Lars meine Fürsorge zu schätzen. Mit Elias dagegen führte ich jeden Monat die gleiche Diskussion um die Miete und seinen Lebensunterhalt, für die er, starrsinnig wie er war, selbst aufkommen und sich einen Job suchen wollte. Jeden Monat hatte ich die überzeugenderen Argumente. Oder schlicht mehr Ausdauer.

»Mama? Träumst du?« Lars tippte mir auf die Schulter und riss mich aus meinen Gedanken. Obwohl er keinen Kaffee getrunken hatte, roch sein Atem danach. Vielleicht war Latte macchiato-Geschmack bei den Riegeln nicht die optimale Wahl für einen Teenager.

»Es ist halb fünf«, sagte ich entschuldigend und griff instinktiv zu meinem Thermobecher, den ich für die Fahrt schon mit starkem Tee gefüllt hatte. »Ich bin noch nicht ganz wach.«

Lars schlang die Arme um mich. »Ich könnte Bäume ausreißen!« Zum Beweis hob er mich ein paar Zentimeter über den Boden. »Das liegt bestimmt am Riegel!«

»Spar dir deine Kraft fürs Training.« Ich zappelte mit den Füßen, bis er mich wieder absetzte. »Apropos, wir müssen los. Und vergiss deine Mütze nicht. Das Thermometer zeigt Minusgrade.«

»Ja, Mama.« *Nerv nicht, Mama.*

Eine Trainingseinheit später setzte ich Lars gerade noch rechtzeitig am Schultor ab. In einer Minute würde die Glocke über den Pausenhof scheppern.

»Beeil dich!«, rief ich, bevor er die Autotür zuwarf. Obwohl Lars schon zwei Kilometer in Armen und Beinen hatte, rannte er munter in Richtung Schulgebäude. Als er mich außer Sichtweite glaubte, riss er die Mütze von seinen nassen Haaren. »Dieser kleine Strolch.« Kopfschüttelnd fuhr ich los. Auf dem Weg zum Studio machte ich einen kleinen Umweg, parkte den Mini im eingeschränkten Halteverbot und klingelte an einem stattlichen Mehrfamilienhaus. Es dauerte kurz, bis die Freisprechanlage knisterte. »Hallo?«

»Hohoho!«, rief ich im glockenhellen Sopran, der keine Ähnlichkeit mit der Stimme jenes alten, weißbärtigen Mannes hatte, den ich hatte imitieren wollen. »Ich meine natürlich: Hohoho!« Eine Oktave tiefer klang es schon besser. »Der Nikolaus hat was für euch.«

»Hey, Lea.«

Mist. Dabei hatte ich mir solche Mühe gegeben.

Der Türöffner summte, und ich spurtete das Treppenhaus hinauf. Wie jedes Mal, wenn ich zu Besuch war, fragte ich mich, wie Elias täglich die vielen Stockwerke bewältigte. In der obersten Etage war die Wohnungstür nur angelehnt. Ich stieß sie auf und versuchte mich an einem neuen »Hohoho!«, diesmal tief aus dem Bauch heraus. Sophie kam vom Bad in den Flur gelaufen, flocht mit flinken Fingern die Haare zu einem langen Zopf. Belustigt schallte mir ihr Grübchenlachen entgegen, als sie die beiden prall gefüllten Filzsocken sah, die ich mitgebracht hatte. Wie immer war sie im Gegensatz zu Elias empfänglich für meine Überraschungen.

»Du bist ja süß!«

»Es ist nur eine Kleinigkeit.« Ich wartete, bis sie einen Gummi um das Zopfende gewickelt hatte, und überreichte ihr das Nikolausgeschenk.

»Aber eine ganz schön schwere Kleinigkeit.« Überrascht wog sie es in der Hand. »Darf ich reinschauen?«

»Natürlich.«

Neugierig öffnete Sophie den weißen Plüschrand der Filzsocke und schnupperte. »Eine Duftkerze!«

Zur Abwechslung für das süßliche Beerenaroma, mit dem sie üblicherweise die gesamte Wohnung einräucherte, hatte ich eine herbere Nadelholzvariante gewählt. Passend zu Weihnachten.

»Und Zimtsterne! Die nehm ich gleich mit auf die Arbeit.«

»Wie läuft's denn in der Klinik?«

»Super, ich muss auch gleich los. Ich erzähl dir ein anderes Mal davon, okay?« Suchend drehte sie sich in alle Richtungen, dabei flog der Zopf von einer Schulter zur anderen. »Wo ist denn meine Tasche?«

Beim Kommen hatte ich eine zerknautschte grüne Ledertasche auf dem Boden gesehen, die schon bessere Zeiten hinter sich hatte. »Meinst du die?«, fragte ich und notierte auf meiner imaginären Geschenkliste: *neue Ledertasche für Sophie zu Weihnachten.* »Du kannst mir gleich heute Abend von deinem Praktikum erzählen. Ich habe um halb acht einen Tisch für ein spontanes Nikolausessen im *Fontana* reserviert. Ich hoffe, ihr habt noch nichts vor?«

Sophie schlüpfte in ihren Mantel und griff nach der Tasche. »Überhaupt nicht! Im Gegenteil, du rettest mich davor, kochen zu müssen. Heute Abend bin ich nämlich dran.«

Ich nickte zufrieden. Ihre Begeisterung für das Essen würde helfen, falls Elias weniger erfreut über die Einladung sein würde. »Umso besser! Wo steckt Elias eigentlich? Er ist doch nicht schon in der Uni, oder?« Wundern würde es mich bei seinem Ehrgeiz nicht, aber Sophie schüttelte den Kopf.

»Er schläft noch. Ist spät geworden gestern. Oder früh. Wie man's nimmt.«

»Ach ja?«, fragte ich erstaunt. »Was hat er denn gemacht?«

Sophie biss sich auf die Unterlippe. Offenbar hatte sie schon zu viel gesagt. »Das erzählt er dir besser selbst.«

Beunruhigt hob ich die Augenbrauen, aber bevor ich nachhaken konnte, flüchtete Sophie zur Tür.

»Tut mir leid, Lea, aber ich muss jetzt wirklich …«

»Natürlich, geh nur. Ich deponiere noch schnell sein Geschenk, dann verschwinde ich auch.«

»Bis heute Abend! Ich freu mich!« Sie schlüpfte zur Tür hinaus, und ließ mich mit meiner diffusen Besorgnis zurück. Was zum Teufel hatte er vergangene Nacht getrieben? Kurz spielte ich mit dem Gedanken ihn zu wecken und zu befragen, entschieden mich aber dagegen. Er brauchte seinen Schlaf. Ich sah mich nach seinen Vans um, um die Filzsocke mit den selbstgebackenen Keksen und Textmarkern, die er sicher für die Uni brauchen konnte, hineinzustecken. Obwohl er riesige Schuhe hatte, passte sie kaum hinein.

Zeit, zu gehen, dachte ich und blieb stehen. *Ich muss den Power-Yoga-Kurs vorbereiten.* Doch statt zur Wohnungstür schlich ich Richtung Schlafzimmer. *Nur ein kurzer Blick. Um mich zu vergewissern, dass alles in Ordnung ist.* So leise wie möglich öffnete ich die Tür einen Spalt und spitzte hinein. Elias schlief auf dem Bauch. Er trug nur eine Boxershorts, die Decke lag auf dem Boden. Meine Finger kribbelten, wollten die Tür aufstoßen, die Decke aufheben und Elias zudecken, aber ich beherrschte mich und kritzelte stattdessen *Flanellschlafanzug für Elias* auf meine Liste. Dann fiel mein Blick auf das Handy, das neben dem Bett lag. *Wie oft habe ich dir Vorträge über die Folgen von Strahlung im Schlafzimmer gehalten? Hundertmal?* Es war frustrierend, wie hartnäckig Kinder die gut gemeinten Ratschläge ihrer Eltern ignorierten. Aus dem Kribbeln wurde ein Jucken, das sich mit rasender Geschwindigkeit ausbreitete, und als es die Füße erreichte, gab ich ihm nach und schlich auf Zehenspitzen ins Zimmer. Lautlos hob ich die Decke auf und breitete sie behutsam über Elias' nackten Rücken. Ich bückte mich nach dem Handy und drehte mich zum Schreibtisch, wo ich nach Stift und Papier suchte, aber nur einen stumpfen Bleistift fand, mit dem ich eine kurze Nachricht auf ein hellblaues Post-it schrieb. Mit einem letzten Blick auf Elias schloss ich die Tür, klebte den Notizzettel auf das Handydisplay und verstaute es weit weg vom Schlafzimmer im Flurregal.

Guten Morgen, Großer!
Handy im Schlafzimmer? Wirklich? ☺
Wir treffen uns heute 19:30 Uhr im Fontana.
Ich freu mich.
Mama

PS: Es ist kalt draußen. Zieh dich warm an.

Kapitel 7 Tilda

Mittwoch, 6. Dezember

Der verdammte Nostradamus behielt recht. Als ich am Morgen mit heimlicher Hoffnung in meine Chucks spitzte, sah ich … nichts. Nur ein Kieselsteinchen lag auf der Einlegesohle, aber den hatte ich am Vortag wohl selbst versehentlich hineinbefördert. Enttäuschung rumorte in meinen Eingeweiden wie zu viel rohes Gemüse, während ich das Frühstück vorbereitete und mir ein Pausenbrot schmierte.

Die Klinge des Brotmessers funkelte scharf und verführerisch, als ich sie durch den Brotlaib trieb. »Was für ein beschissenes Déjà-vu«, flüsterte ich, weil ich schon wieder mit gespitzten Ohren auf Geräusche im Flur horchte. Auch wenn ich mir immer wieder an winzigen Funken Hoffnung die Finger verbrannte, wurde ich nicht müde, meinem Vater jene kleinen Freuden zu machen, die ich mir selbst wünschte. Wie die Nüsse, die in seinem rechten Schuh steckten. Selbst das kleine Päckchen Kräutertabak mit Whiskyaroma im linken Schuh hatte ich nicht ohne Eigennutz gekauft. Wenn ich schon zum Passivrauchen verdammt war, dann wenigstens nikotinfreien Pfeifentabak. Das Whiskyaroma hatte ich gewählt, weil es mich an den verregneten Abend in den Pfingstferien im Uni-Parkhaus erinnerte, als ich für Simon Schmiere gestanden hatte, während er einen Betonpfeiler mit einem riesigen Mittelfinger verschönerte. Er hatte eine Flasche Single Malt Scotch Whisky von seinem Vater mitgebracht, *ausgeliehen*, wie er behauptete. Angeblich kostete sie über hundert Euro. Vielleicht hatte der Whisky deshalb so gut geschmeckt.

Ich stellte das fast leere Glas Birnen-Lebkuchen-Marmelade auf den Tisch und wartete. Ausgerechnet heute musste ich zeitig in der Schule sein, um noch vor Unterrichtsbeginn die Schulbücherei zu öffnen. Missmutig, weil ich nun verpassen würde, ob und in welchem Ausmaß sich Jakob über die Nüsse und den Tabak freute, verließ ich das Haus.

Bis ich in der Schule angekommen war, hatte das Beackern der Pedale wie immer den Missmut aufgelöst. Liebevoll tätschelte ich den Fahrradsattel wie die Flanken eines gutmütigen Therapie-Ponys und spurtete im lockeren Dauerlauf zur Treppenhaustür. Erst jetzt fiel mir auf, dass die goldenen Sterne nicht mehr da waren. Ich bildete mir ein, sie in den letzten Tagen noch gesehen zu haben. Gustav hatte wohl die Schmierereien bemerkt und sie abgehängt. Sorge, sein Verdacht könnte auf mich fallen, hatte ich nicht, obwohl ich von allen Schülerinnen und Schülern die meiste Zeit im Keller verbrachte. Er war lange genug Hausmeister, um zu wissen, wer zu vorsätzlichen Sachbeschädigungen fähig war und wer nicht. Und genau das bereitete mir Unbehagen. Simon stand schon seit geraumer Zeit auf der Abschussliste der Direktorin, noch einen Verweis konnte er sich nicht leisten.

Ich besorgte mir im Sekretariat den Schlüssel für die Bücherei und rannte weiter. Zum Glück stand niemand ungeduldig wartend vor der verschlossenen Tür, als ich ums Eck bog. Der Andrang war nie besonders groß. Manchmal bedauerte ich das maue Interesse und fand es unbegreiflich, wie man die reale der fantastischen Welt der Bücher vorziehen konnte. Meistens aber war ich ganz froh darüber, den stillen Raum für mich zu haben.

Ich streunte zwischen den Regalen umher und stieß auf die Schulausgabe von Charles Dickens' *Weihnachtsgeschichte,* die ich letzten Dezember schon ausgeliehen hatte. Obwohl mein Vater eine durchaus stattliche Privatbibliothek besaß, suchte man Dickens' Klassiker über den kauzigen Ebenezer Scrooge darin vergebens. Selbst in der Literatur war ihm Weihnachten zuwider. Vielleicht war ich deshalb so gern hier. Nach der Entdeckung von Dickens vertiefte ich mich in die Klappentexte von *A boy called Christmas* von Matt Haig und Agatha Christies *Hercule Poirots Weihnachten*. Das eine war ein Kinderbuch, aber wenigstens im englischen Original, das andere einer der wenigen Krimis im Bestand. Herr Heiler hatte ihn gestiftet, weil er fand, Agatha Christie gehörte zur Allgemeinbildung. Gewissenhaft trug ich die drei Titel ins Ausleihregister ein, packte die Bücher in den Rucksack und schloss, als niemand mehr auftauchte, die Bibliothek ab.

Als eine der Letzten huschte ich ins Klassenzimmer. Selbst Simon war schon da. Ungewöhnlich, wo er doch sonst aus reinem Protest gegen die, seiner Meinung nach, menschenrechtsverletzenden Unterrichtszeiten nie vor acht auftauchte. Den Kopf auf die verschränkten Arme gebettet, döste er vor sich hin. Geräuschvoll zog ich meinen Stuhl zurück, um ihn mit dem Gepolter zu wecken, und stellte erstaunt fest, dass dieser schon besetzt war. Ein Schokoladennikolaus lächelte freundlich, um seine Taille baumelte ein goldenes Glöckchen.

»Gekauft, nicht geklaut«, flüsterte Simon und beobachtete mich aus halb geöffneten Augen.

Es sprach nicht für meinen moralischen Kompass, dass ich mich nach der Enttäuschung zu Hause sogar über einen geklauten Nikolaus gefreut hätte. Ich ließ den Rucksack von meiner Schulter gleiten, nahm das Geschenk in die Hand und setzte mich.

»Danke«, sagte ich leise, befreite den Schokoladenmann von seiner roten Aluminiumzipfelmütze und köpfte ihn mit einem herzhaften Bissen. Den angenagten Hals bot ich Simon an, der sich, ohne die Augen mehr als spaltbreit zu öffnen, bis zur Schulter durchknabberte.

Jan, der am Tisch nebenan saß, beugte sich zu uns.

»Ach Gott, seid ihr süß!«, dröhnte er so laut, dass vorn die Kreide vom Vortag von der Tafel bröselte. »Schaut euch das mal alle an! Der Punk und die Klugscheißerin teilen sich einen Nikolaus. Hat jemand ein Handy griffbereit? Wir können eine Fotolovestory draus machen.« Weil er sich nie so recht entscheiden konnte, wen von uns beiden er mehr hasste, freute er sich besonders, wenn er uns auf einen Schlag erwischte.

Ich streckte ihm über Simons Rücken die Faust entgegen und ließ den Mittelfinger nach oben schnellen. Niemand wusste, dass mein Finger Vorbild für Simons berühmt-berüchtigte Zeichnungen war. Seit Jahren schon arbeitete er sich an meiner Hand ab, perfektionierte immer weiter die Details, kopierte jede Furche und das sanfte Halbrund des Nagelbetts. Genau in dem Moment, als sich Simons zur Muse dienender Mittelfinger zur vollen Größe aufgerichtet hatte, um Jan zu zeigen, was ich von seinem blöden Kommentar hielt, betrat Herr Heiler das Klassenzimmer.

»Oha, Tilda! Ich hoffe, der gilt nicht mir.«

Verlegen klappte sich der Mittelfinger wieder ein und verschwand zerknirscht in einer geballten Faust, die ich unter den Tisch verbannte. »Natürlich nicht.«

»Da bin ich beruhigt.« Herr Heiler lächelte und trug seine Aktentasche zum Pult. »Wie lief es heute Morgen in der Bücherei?«

»Ziemlich gut. Dickens, Agatha Christie und der Roman von Matt Haig wurden ausgeliehen.«

»Ach, wie schön! Ich wusste doch, die Grand Dame des Krimis findet auch bei euch jungen Leuten Fans!« Er lächelte vergnügt, nichts ahnend, dass ihm der einzige Fan an dieser Schule gerade versehentlich den Mittelfinger gezeigt hatte. Der Gong beendete unsere launige Unterhaltung. »So, Herrschaften, dann wollen wir mal anfangen!«

»Das ist alles?«, kreischte Jan empört. Manchmal ließ ihn seine neue, tiefe Stimme im Stich, und er klang wieder wie früher, als er einfach nur ein nerviger Mitschüler, aber noch kein fieser Mobber gewesen war.

Herr Heiler setzte sich zu seiner Tasche aufs Pult. »Du musst was loswerden, Jan?«

»Allerdings. Wenn ich Ihnen den Mittelfinger gezeigt hätte, müsste ich jetzt nachsitzen. Aber bei Tilda, der alten Strebsau, drücken Sie beide Augen zu!«

Die Faust in meinem Schoß ballte sich so fest zusammen, dass es wehtat. Auch Simon saß plötzlich kerzengerade, angespannt wie ein Tiger vor dem Sprung.

»Du hast recht«, stimmte Herr Heiler mit ruhiger Stimme zu, »das hätte ich vermutlich. Und ich erkläre dir auch gern, warum: Im Gegensatz zu Tilda liegt die Wahrscheinlichkeit nahe, dass dein Stinkefinger tatsächlich mir gegolten hätte. Für diese Respektlosigkeit hätte ich dich nachsitzen lassen. Das gilt im Übrigen für alle Respektlosigkeiten. Genau aus diesem Grund darfst du mir für die *Strebsau* heute nach Schulschluss noch ein bisschen Gesellschaft leisten. Und jetzt holt bitte eure Lektüren heraus. Wir wollen uns dem jungen Werther widmen.«

Jans blasses Gesicht lief purpurrot an. »Das ist nicht Ihr Ernst! Ich soll nachsitzen? Wegen der?« Sein Finger zeigte anklagend und voller Abscheu in meine Richtung.

»Es heißt ihretwegen«, korrigierte Herr Heiler und blätterte in seinem gelben Reclamheft. »Und ja, das ist mein voller Ernst. Julia, fängst du bitte an zu lesen?«

Der Unterricht begann, aber meine Anspannung blieb.

Herr Heiler glaubte, mir einen Gefallen getan zu haben. Aber er irrte sich. Er irrte sich ganz gewaltig. Typen wie Jan schüchterte man nicht mit ein bisschen Nachsitzen ein. Man provozierte sie nur. Auch Simon wusste das. Langsam beugte er sich zu Jans Pult. »Denk nicht mal dran«, warnte er ihn leise, aber es war zu spät.

Ich sah es an Jans zornigen Augen. Er hatte längst angefangen, darüber nachzudenken, wie er sich für das Nachsitzen revanchieren konnte. Aus Erfahrung wusste ich nur zu gut, wenn Jan erst mal anfing zu denken, kam selten etwas Gutes dabei raus.

Kapitel 8 Sophie

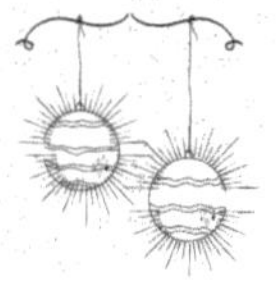

Mittwoch, 6. Dezember

Elias deutete auf die wassermelonengroßen Glitzerkugeln im Schaufenster. »Du siehst aus wie eine von denen da.«

Ein kurzer Blick auf mein Spiegelbild gab ihm recht. Ich funkelte wie die Auslage eines Edeljuweliers. Für ein Abendessen mit Lindners waren das kurze Paillettenkleid und die High Heels etwas übertrieben. Für die *Sinful-Santa-Party* im *Circle* hingegen, zu der ich Elias im Anschluss begleiten würde, erfüllte das Outfit gerade so den Dresscode.

»Ich dachte, du magst das Kleid«, sagte ich unsicher.

»Mögen ist vielleicht nicht der richtige Ausdruck.«

»Was? Das sagst du jetzt, wo wir fast im *Fontana* sind?«

Elias beugte sich grinsend zu mir, sein warmer Atem streifte mein halb erfrorenes Ohr: »Das Kleid ist atemberaubend. Du bist atemberaubend.«

»Atemberaubend kann ich gerade so durchgehen lassen«, murmelte ich an seiner glattrasierten Wange, die fast so weich war wie das Neugeborene, das ich heute Vormittag hatte wiegen und messen dürfen.

Wir liefen weiter Richtung Innenstadt. Bei jedem Schritt rutschte der kurze Rock Richtung Po, und der kalte Wind, dem die dünne Nylonstrumpfhose nichts entgegenzusetzen hatte, fuhr mir zwischen die Schenkel. Elias bemerkte, dass ich zitterte, und zog mich an sich. Dick verpackt in seinen neuen schweren Wollmantel hatte er genug Wärme für uns beide. Ich passte meine Schritte seinen an, bis er auf Höhe des im Winter trockengelegten Vierröhrenbrunnens immer langsamer wurde und schließlich stehen blieb.

»Was ist?«, fragte ich überrascht. »Wir sind fast da.«

»Eben.«

»Bist du immer noch sauer?«

»Ich hab allen Grund dazu, oder?«

»Ja«, räumte ich ein und drängte ihn gleichzeitig zum Weitergehen. »Aber ich hab wirklich Hunger!«

Elias blieb unbeweglich wie der Obelisk des Brunnens, auf dem die Figur der Frankonia thronte. »Den hätten wir auch zu Hause stillen können.«

Seufzend löste ich mich aus seinem Arm. Nicht jeder Hunger ließ sich zu Hause stillen. Besonders nicht Lebenshunger. So viele Abende hatten wir in den vergangenen Monaten auf dem Sofa verbracht, dass die Aussicht auf einen geselligen Besuch beim Italiener mit anschließender Clubparty der ersten festen Mahlzeit nach einer unfreiwilligen Fastenzeit gleichkam. Entweder spürte Elias diesen Hunger nicht oder er hatte sich mit dem Fasten abgefunden.

»Ein ruhiger Abend zu Hause, bis es Zeit für den *Circle* wird, wäre mir lieber gewesen.«

»Ruhig«, wiederholte ich und dachte heimlich: *Langweilig*.

»Was ist falsch daran, es sich mit einem Film gemütlich zu machen und den Weihnachtsbaum zu bewundern?«

Ich horchte auf. »Bewundern? Auf einmal?«

Am Tag zuvor hatte ich den künstlichen Baum aufgestellt und erkennen müssen, dass er in der Musterwohnung bei *IKEA* irgendwie fülliger gewirkt hatte. Elias war beim Anblick des kümmerlichen Plastikgerippes vor Lachen fast ins Koma gefallen.

»Bewundern, jawohl«, bekräftigte er nun.

»Du hast dich vor Lachen beinahe übergeben.«

Allein beim Gedanken an den Moment fing er schon wieder an zu grinsen. »Immerhin drängt er sich nicht unangenehm in den Vordergrund.« Als er bemerkte, dass ich die Augen verdrehte, fügte er leise hinzu: »Es ist unser erster Baum in unserer ersten gemeinsamen Wohnung, und dafür mag ich ihn. Auch wenn er mickrig und hässlich ist, wird er immer was Besonderes sein.«

»Und ich mag, dass du solche Sachen sagst.« Diese Wind-aus-den-Segeln-Pusteworte, die besänftigend wirkten wie eine liebevolle Umarmung. Ich wünschte, etwas erwidern zu können, das mit seinem Wind mithalten konnte, aber alles, was mir einfiel, war, ihn daran zu erinnern, dass ich vor Hunger fast umkam. »Mein Magen zersetzt sich gleich selbst, wenn er nicht bald was zu tun bekommt.«

Nur widerwillig setzte er sich in Bewegung.

Kaum hatten wir das *Fontana* betreten, eilte uns ein Kellner entgegen. Sein gestresster Blick verkündete schon vor dem hektischen *Buona sera!*, dass kein Tisch mehr frei war und er uns leider würde abweisen müssen.

»Wir gehören zu Lindners«, sagte ich schnell, weil ich nach vielen Jahren in dieser Familie längst ein Teil davon war.

»Ah, *familia* Lindner!« Die Miene des Kellners hellte sich auf, und wir folgten ihm die enge Wendeltreppe hinauf ins Obergeschoss, wo eine breite Fensterfront den Blick auf das beleuchtete Rathaus und die Arkaden freigab.

Lea entdeckte uns als Erste und winkte.

»Sei lieb zu ihr«, raunte ich Elias zu, ehe wir den Tisch erreichten. Elias half mir aus der Jacke, und obwohl ich energisch am Saum meines kurzen Kleids zog, als ich mich setzte, rutschte er sofort wieder Richtung Po. Es war mehr ein Steh- und Tanz- als ein Sitz-Kleid.

Lea machte mir dennoch ein Kompliment. »Du siehst entzückend aus, Sophie! Das Kleid ist atemberaubend!«

Elias warf mir einen verwegenen Hab-ich's-nicht-gesagt-Blick zu, bevor sich seine Miene wieder verdüsterte. Er hatte nicht vor, es seiner Mutter leicht zu machen.

»Hallo, mein Großer. Du hast dich ja auch mächtig in Schale geworfen.« Sie ahnte nicht, dass er sich keineswegs für das Abendessen, sondern für seinen späteren Einsatz im Club so herausgeputzt hatte. Die übliche Elias-Uniform aus Hoodie und Jeans war einem schwarzen, eng anliegenden Rollkragenpullover und einer dunklen Hose gewichen. Die größte Veränderung aber waren seine Haare – die fehlenden im Gesicht und die streng mit Gel nach hinten gestriegelten auf dem Kopf. »Schick, trotzdem wirkst du erschöpft.«

»Komisch, wo ich doch heute Morgen wesentlich länger geschlafen habe als beabsichtigt«, konterte er und wandte sich an den Kellner, der die Speisekarten verteilte. »Für mich bitte eine Cola.« Die Rückseite seiner Hand fuhr sanft über meine noch immer arktisch gefrorene Wange. »Was trinkst du?«

Ich bestellte eine heiße Zitrone und wärmte meine Hände an dem Windlichtglas, das als Dekoration auf dem Tisch stand.

Lea ging in die Offensive, um die Wogen zu glätten. »Ich habe es dir heute Morgen schon am Telefon gesagt und wiederhole es gern: Es tut mir leid, dass du den Handywecker nicht gehört und verschlafen hast. Ich hab es nur gut gemeint. Du weißt, dass Strahlung im Verdacht steht, Krebs auszulösen, und sich negativ auf den Schlaf auswirkt. Zumal Sophie meinte, dass deine letzte Nacht kurz war.« Eine scheinbar arglose Feststellung, hinter deren Harmlosigkeit sich Besorgnis verbarg. *Wieso schläfst du nicht genug? Weißt du nicht, wie wichtig Schlaf für dich ist?*

Ich spürte, wie Elias sich anspannte, und rechnete mit einer bissigen Bemerkung, dass sein Schlaf sie einen Scheiß anging, aber er ignorierte Lea und warf einen kurzen Blick in die Karte.

»Wie immer?«, wisperte er mir zu. *Wie immer* war: gegrillter Tintenfisch und die Tagliatelle Madagaskar, die wir miteinander teilten. Ich wollte etwas, das nicht wie immer schmeckte.

»Mir ist heute mehr nach dem Wintersalat mit roter Beete und gerösteten Haselnüssen.« Die Salate im *Fontana* waren berühmt für ihre üppige Größe und die raffinierten Dressings.

Kurz schien er irritiert, fing sich aber rasch wieder. »Klingt gut. Den nehme ich auch.«

Einen winzigen Augenblick lang ärgerte ich mich, den Salat wieder mit Elias teilen zu müssen, auch wenn jeder seine eigene Portion haben würde. Aber es war nur Salat. Kein Grund, ein Drama daraus zu machen. Das bahnte sich auch ohne mein Zutun an.

»Sophie meinte, es gibt etwas, das du uns erzählen willst.«

Wieder Irritation und ein fragender Blick. *Was zum Teufel hast du ihr gesagt?*

Ich zuckte entschuldigend die Schultern. Zum Glück kam in dem Moment der Kellner mit den Getränken und unterbrach das Gespräch. Mit galantem Schwung stellte er das dampfende Glas vor mir ab, und ich schob das Windlicht zurück in die Mitte des Tisches. Die heiße Zitrone machte ihrem Namen alle Ehre, schon beim ersten Schluck verbrannte ich mir die Zunge.

»Haben Sie inzwischen gewählt?«

Victor, der bislang kaum etwas gesagt hatte, brauchte noch einen Moment.

Kaum waren wir unter uns, beugte sich Lea über den Tisch und sah Elias eindringlich an. »Was ist los? Ich mache mir Sorgen.«

Ihr chronisches Sorgenmachen triggerte Elias so sehr, dass er gereizt aufstöhnte. Wie immer, wenn die Stimmung zu kippen drohte, fing Lars an zu erzählen.

»Ich hab heute meine eigene Bestzeit unterboten. Mein Trainer meint, wenn mir das bei den bayerischen Meisterschaften gelingt, dann sieht es mit der Quali für die deutsche Meisterschaft gut aus.«

»Wow, das ist großartig!« Ich kam Lars zur Hilfe, der sich als Bollwerk zwischen Mutter und Bruder warf. »Das hast du dir auch verdient, so hart, wie du trainierst!«

Aber das Bollwerk hielt nicht stand.

»Du willst wissen, was ich nachts mache?«, fragte Elias mit provozierend leiser Stimme.

»Sonst hätte ich nicht gefragt.«

»Vielleicht sollten wir erst bestellen«, wagte ich einen letzten Versuch, die Gemüter zu beruhigen, und winkte hektisch den Kellner heran, der den Nebentisch abwischte.

Victor sprang mir zur Seite. »Die Trüffelravioli von der Tageskarte klingen fabelhaft, oder?«

Auch Lars versuchte weiter sein Bestes. »Wäre es okay, wenn ich mir Nudeln und Pizza bestelle? Ich hab Riesenkohldampf.«

Aber Elias hatte längst Fahrt aufgenommen. »Ich arbeite jetzt vier Nächte die Woche im *Circle* als Selektor. Vor fünf Uhr morgens liege ich nicht im Bett. Ungefähr zu der Zeit, wenn du Lars zum Training fährst. Von dem Gehalt kann ich endlich meine Miete selbst zahlen.« Er genoss jeden Moment und merkte nicht, wie lächerlich sein Triumph war. Zumal er den Job noch nicht mal sicher in der Tasche hatte.

Lea nippte an ihrem Wasser und rang nach Worten. Lars nutzte die betretene Stille für seine Begeisterung.

»Im *Circle*? Geil! Kannst du mich da reinbringen?«

»Sicher«, erwiderte Elias knapp. »Sobald du achtzehn bist.«

Lars stöhnte enttäuscht. »Das dauert ja noch ewig!«

»Dann musst du wohl noch ewig warten.«

»Aber du bist mein Bruder!«

»Eben.«

Lea hatte den ersten Schreck überwunden. »Hast du den Verstand verloren?«, zischte sie.

»Das ist eines der wenigen Dinge, die ich in den letzten Monaten nicht verloren habe«, keifte Elias zurück.

Manchmal war ich sehr müde davon, ein Teil der Lindners zu sein.

Mittwoch, 6. Dezember

Nele fror sichtlich in ihrer engen Lederhose und dem hauchdünnen Satintop. Kein Wunder, auf eine Jacke hatte sie ebenso verzichtet wie auf einen BH. Der hätte zwar nicht zur Wärmeregulation beigetragen, aber vielleicht den Brustwarzen Einhalt geboten, die sich mir aufdringlich entgegenstreckten. Ich zwang mich, ihr in die Augen zu sehen.

»Na, wie läuft's?«, fragte sie lächelnd und reichte mir eine Dose Energydrink. »Ich dachte, den hier könntest du brauchen. Die Santa-Party läuft hammermäßig. Das wird eine lange Nacht, wenn ich mir die Schlange hier oben anschaue.«

Obwohl es schon fast zwei Uhr war, wartete noch immer eine erstaunliche Anzahl Gäste auf Einlass. Vor einer knappen Stunde hatte einer der Security-Leute mir ein Zeichen gegeben und mit wichtiger Miene auf den Ohrstöpsel getippt, was so viel bedeutete wie *Ansage vom Boss: Der Club platzt aus allen Nähten, keiner darf mehr rein!* Statt den Dresscode und die Ausweise zu kontrollieren, wie es eigentlich meine Aufgabe war, musste ich nun dafür sorgen, die wartende Meute bei Laune zu halten. Im Minutentakt streute ich Unwahrheiten wie »Gleich geht's weiter!« und »Durchhalten, Leute!«. Meine Mundwinkel schmerzten vom optimistischen Dauerlächeln, und es war spannend zu beobachten, was wohl früher einsetzen würde: Gesichtsspastiken wegen des Dauerlächelns oder der Erfrierungstod. Längst hatte sich die eisige Kälte durch sämtliche Kleiderschichten gefressen. Nele hätte besser einen heißen Kaffee statt der kühlschrankkalten Dose mit nach oben gebracht. Zumal ich mich bislang nie für diese Drinks hatte begeistern können. Laut meiner Mutter steckten sie voller krebserregender Süßungsmittel und bedenklicher Mengen Koffein. Pures Gift also. Ihre Abneigung war der beste Grund, endlich einen zu probieren. Obwohl sie sich schon mehrfach für die Aktion mit dem Handy entschuldigt hatte, war ich noch immer stinksauer. Ihre Übergriffigkeit, von der sie stur behauptete, dass nur gute Absicht dahintersteckte, raubte mir den letzten Nerv. Es hatte weder geholfen, sie am Telefon anzubrüllen, als ich viel zu spät aufgewacht war und das Handy mit dem dämlichen Post-it im Flur gefunden hatte, noch ihr beim Essen vor den Latz zu knallen, dass ich meinen gesunden Schlaf mit voller Absicht vor dem *Circle* an die Wand fuhr. Vielleicht verschaffte mir der Genuss des toxischen Drinks ein bisschen Genugtuung.

Ich versuchte, die Dose zu öffnen, aber mit den Lederhandschuhen besaß ich die Feinmotorik eines Schrottplatzkrans. Nele sprang ein, schob einen ihrer langen Fingernägel unter die Metalllasche und hebelte sie auf. Mit einem Zischen entwich künstliches Fruchtaroma, ich tippte auf Limette und nahm einen Schluck.

»Tut gut, oder?« Sie rubbelte ihre nackten, mit zentimeterdicker Gänsehaut überzogenen Arme. »Keine Sorge, du gewöhnst dich schnell daran, nachts zu arbeiten. In ein paar Wochen steckst du das locker weg.«

»Hoffentlich. Bis mittags zu schlafen kann ich mir auf Dauer nicht leisten.« Wer öfter als zweimal unentschuldigt fehlte, flog aus den Seminaren. Dank meiner Mutter war die Hälfte des Abwesenheitspuffers schon verbraucht. »Und genau genommen hab ich den Job noch gar nicht. Robert lässt mich im Dezember nur zur Probe arbeiten.«

»Mach dir darüber keine Sorgen. Ich werde ein gutes Wort für dich einlegen. Außerdem bist du Student, oder? Ihr könnt doch den ganzen Tag schlafen.«

Nele hatte offenbar nie studiert. Zumindest nicht ernsthaft. Denn dann wüsste sie, dass sich das Klischee der chronisch feierwütigen Studierenden, die tagsüber schliefen und erst am Abend Vorlesungen in angewandter Partypraxis in Würzburgs Kneipen und Clubs besuchten, längst selbst überholt hatte. Statt mit Nele den Leistungsdruck des Studiums zu erörtern, nahm ich einen weiteren Schluck. Der Drink kickte sofort, und ich wurde merklich wacher.

»Nicht schlecht, das Zeug«, sagte ich anerkennend, und Nele zwinkerte mir verschwörerisch zu.

»Sag ich doch. Ihr werdet gute Freunde werden, vertrau mir.« Ihr gefiel die Rolle der erfahrenen Club-Lady, die schon seit Jahren im Nachtleben ihre Frau stand und den Neuen an der Tür unter ihre Fittiche nahm. Nicht sonderlich subtil streckte sie ihre Flügel ein bisschen weiter aus als nötig. »Das gilt hoffentlich auch für uns beide.« Mit einem Lächeln und immer noch unverschämt harten Nippeln verschwand sie hinter dem Vorhang, der hinunter in den Club führte, wo meine Freundin vermutlich gerade ausgelassen tanzte.

Sophie war kein eifersüchtiger Mensch, und ich hatte ihr auch nie einen Grund dafür gegeben. Im Gegenteil, es amüsierte sie eher, zu beobachten, wie sich Frauen mit Flirts abmühten, die ich freundlich, aber bestimmt abwehrte. Wäre sie jetzt hier statt auf der Tanzfläche, hätte sie sich bestens von Neles Annäherungsversuchen unterhalten gefühlt und mich vermutlich sogar damit aufgezogen.

Eine unmissverständlich empörte Stimme riss mich aus meinen Gedanken. »Wieso darf sie wieder rein?«

Ich drehte mich um. Hinter dem roten Absperrseil baute sich vor mir die kleinste der fünf Frauen auf, die mit schwindender Geduld darauf warteten, endlich in den Club gelassen zu werden. Immer wieder hatte ich die Gruppe mit Durchhalteparolen vertröstet, und lange Zeit hatten sie sehr verständnisvoll genickt. Jetzt aber bröckelte ihre Nachsicht, als sie sahen, dass jemand den Club verlassen hatte und wieder hineingelassen wurde, während sie noch immer bibbernd in der Kälte standen.

»Sie arbeitet hier«, erklärte ich und hob die Dose als Beweis für Neles kollegialen Gefallen.

»Aha.« Die kleine Brünette, die mir trotz hoher Schuhe kaum bis zur Schulter reichte, legte herausfordernd den Kopf schief. »Hast du nicht behauptet, dass es bald weitergeht?«

Um euch bei Laune zu halten, damit ihr nicht verschwindet und es in einem anderen Club versucht, dachte ich und sagte: »Das wird es gleich. Ganz sicher.«

Jede der fünf Frauen, die ungefähr in meinem Alter waren, trug eine Designerhandtasche über der Schulter, in denen vermutlich einiges an Kohle steckte, die sie an der Bar in hochpreisige Drinks investieren würden. Diese Klientel sah mein Chef am liebsten, und seine Anweisungen diesbezüglich waren eindeutig. »Wenn sie mit dem Gedanken spielen, woanders hinzugehen, sorgst du dafür, dass der *Circle* dieses Gedankenspiel zu seinen Gunsten entscheidet.«

Ich setzte mein Lächeln auf, das charmant wirkte, ohne es zu sein. Es kostete mich keine Mühe, ließ sich einfach anknipsen und abrufen. »Das Warten wird sich lohnen, meine Kollegin hat mir eben versichert, wie unglaublich die Stimmung im Club ist.«

Die Brünette musterte mich prüfend. »Ich kenne dich«, sagte sie schließlich. »Dein Gesicht kommt mir bekannt vor. Aber nicht von hier.«

Schon seit einiger Zeit spürte ich Nase, Finger und Zehen nicht mehr. Jetzt aber wurde auch meine Brust plötzlich taub. Mit der Kälte hatte das nichts zu tun. »Du musst mich verwechseln«, murmelte ich und gab vor, sehr durstig zu sein. Mit einem langen Schluck leerte ich die Dose. Aber die Kleine war hartnäckig, beharrte darauf, mich wiederzuerkennen.

»Ich verwechsle nie ein Gesicht«, widersprach sie selbstbewusst und im nächsten Moment schnippte sie mit den Fingern. »Ich hab's! Du spielst Basketball, stimmt's?«

Wie gelähmt stand ich da, während sie einfach weitersprach, als hätte ich ihre Frage längst bejaht und ernsthaftes Interesse gezeigt, mich mit ihr über das Thema zu unterhalten, das ich seit so vielen Monaten krampfhaft versuchte, aus meinen Gedanken fernzuhalten.

»Mein kleiner Bruder hat eine Autogrammkarte von dir in seinem Kinderzimmer hängen. Und Teamposter überall. Er ist ein richtiger Basketball-Nerd und spielt selbst, wird es aber wohl nicht weit bringen. In unserer Familie sind wir alle eher von der kurzen Sorte. Aber du solltest doch mal so was wie der nächste Dirk Nowitzki werden, oder? Wieso ist da nichts draus geworden?«

»Man muss kein Riese sein, um Basketball spielen zu können«, antworte ich steif und drückte mich vor der Antwort.

»Aber es schadet auch nicht, dass ihr so groß seid«, mischte sich ihre Freundin ein, die selbst hochgewachsen war und vermutlich Schwierigkeiten hatte, einen Mann zu finden, der ihr in die Augen schauen konnte. »Wir sollten mal zu einem Spiel gehen, Mädels, und sehen, was der Markt dort zu bieten hat. Vielleicht lohnt es sich ja.«

Die Brünette nickte. »Wenn sie so hübsch sind wie der da, auf jeden Fall.« Fünf prüfende Augenpaare scannten mich wie einen Barcode an der Kasse.

Aus den Augenwinkeln sah ich den roten Vorhang zucken. Schnell zählte ich die Gäste, die aus dem Club torkelten. Es waren acht. Mit einem Schlag wurde ich den gesamten Haufen Frauen los, bevor sie weiter in meiner Vergangenheit stocherten. »Das Warten hat sich gelohnt, ihr könnt rein«, sagte ich heiser und löste klappernd das Ende des Seils aus dem Ständer. »Viel Spaß und danke für eure Geduld.«

»Mit dir warte ich jederzeit noch mal«, konterte die Brünette und ihre Freundinnen kicherten.

Ich hätte ihr gern nachgerufen, dass sie ihrem kleinen Bruder ausrichten sollte, dass er die Autogrammkarte abhängen sollte. Den Typen darauf gab es nicht mehr. Aber da hatte der Vorhang die Frauen schon verschluckt, und die nächsten Gäste rückten nach.

Kapitel 10 Sophie

Donnerstag, 7. Dezember

»Ich weiß gar nicht mehr, wann ich das letzte Mal so viel getanzt habe! Der DJ hat sogar *All I want for Christmas is you* gespielt. Ich liebe diesen Song! Heute hab ich zwar Blasen an den Füßen, weil sie keine High Heels mehr gewohnt sind, aber ohne hätte ich es nicht in den Club geschafft.« Der Dresscode war unerbittlich. Da half nicht mal, dass Elias Selektor war.

»Wie kann man trotz einer durchtanzten Nacht in der Disco so frisch und fröhlich sein?« Rebekka reichte mir die Netzunterhosen, damit ich sie in den Vorratsschrank räumte. »Sagt man das überhaupt noch? Disco? Gott, bin ich alt geworden.«

Ich schloss die Türen und kontrollierte den Bindenbestand einen Schrank weiter. »Du bist nicht alt«, widersprach ich energisch. Tatsächlich vergaß ich die meiste Zeit, dass Rebekka fünfzehn Jahre älter und meine Ausbilderin war. Sie wirkte so jung. Und war verdammt attraktiv. Ich hatte schon so manch werdenden Vater erlebt, der während der Geburt immer wieder zur leitenden Hebamme schielte, statt alle Aufmerksamkeit seiner Frau zu schenken. Rebekkas feuerrotes Haar, das sie während der Arbeit meist zum Pferdeschwanz gebunden trug, zog alle Blicke auf sich, genau wie ihre Augen, die vom gleichen intensiven Grün waren wie Millas, nur ohne die schwermütige Melancholie. Rebekkas Blick sprudelte vor Lebensfreude wie ein Krug mit Waldmeisterbrause. Alles prickelte in ihrer Nähe. Gleichzeitig strahlte sie eine beruhigende Sicherheit aus, mit der sie den Bald-Eltern alle Ängste nahm. Der erste Ratschlag, den sie mir zu Beginn meiner Ausbildung gegeben hatte, lautete: »Du musst den Frauen immer das Gefühl geben, die Geburt im Griff zu haben. Sie sollen sich weder den Schmerzen noch den Ärztinnen oder Hebammen ausgeliefert fühlen. Sie meistern die Geburt, wir begleiten nur.« Ich lernte von Rebekka eine Menge über Selbstbestimmung. Im Kreißsaal und darüber hinaus.

Manchmal konnte auch ich ihr etwas beibringen. »Clubs sind in der Regel kleiner und exklusiver als Großraumdiscos. Wenn du magst, können wir zusammen mal einen Abend im *Circle* verbringen, ich kann uns dort auf die Gästeliste setzen lassen. Soweit ich weiß, gibt es kurz vor Weihnachten noch eine Christmas-Party.«

»Ich hab's nicht so mit Weihnachten. Dieses zwanghafte Getue um das angebliche Fest der Liebe …« Sie schauderte, als hätte sie eine Spinne auf dem Materialwagen entdeckt. »Wieso soll man in heuchlerischer Eintracht mit seiner Familie unter dem Weihnachtsbaum hocken, wenn man sich den Rest des Jahres auf die Nerven geht? Dazu die Geldmacherei mit Geschenken und Dekokram. Wenn man bedenkt, dass die Geburt des Kindes, die man so aufwendig feiert, in einer simplen Krippe stattgefunden hat, ist das ganze Theater mehr als absurd.« Als sie meinen betretenen Gesichtsausdruck bemerkte, weil ich die von ihr beschriebenen Absurditäten bislang begeistert mitgemacht hatte, hielt sie inne. »Das ist natürlich nur meine subjektive Meinung. Jeder kann Weihnachten nach eigenem Gusto feiern - oder eben nicht. Und es gibt ja durchaus positive Aspekte des ganzen Rummels.« Sie senkte verschwörerisch die Stimme. »Ich kann einfach nicht genug von den Maronen auf dem Weihnachtsmarkt bekommen und hole mir wie ein Junkie meine tägliche Dosis. Der Maronenmann verdient ausgesprochen gut an mir.«

»Seine sind einfach die Besten!«, stimmte ich zu, dann wurde ich nachdenklich. »Was du über Weihnachten gesagt hast, stimmt. Das habe ich so noch nie gesehen.«

Inzwischen waren auch die Binden aufgefüllt. Zuletzt überprüfte ich den Schrank mit den saugfähigen Unterlagen, dann war der Kreißsaal für die nächste Geburt vorbereitet. Eine Frau hing im Wehenzimmer am CTG und würde hierher umziehen, sobald wir fertig waren. Es war ihr drittes Kind. Alles konnte sehr schnell gehen.

»Hast du trotzdem Lust auf den *Circle*? Es muss ja nicht die Christmas-Party sein. Samstags ist zum Beispiel Ladies Night.«

»Warum nicht?« Rebekka breitete eine der Unterlagen auf dem verstellbaren Gebärbett aus. »Allerdings sind die einzigen Absatzschuhe, die ich besitze, Overkneestiefel. Ob ich damit die Einlasskontrolle bestehe?«

Verstohlen blickte ich auf ihre langen Beine, deren Proportionen selbst die unförmige Krankenhaushose nichts anhaben konnte. »Davon gehe ich schwer aus.«

»Prima! Dann haben wir ein Date.« Sie zwinkerte mir zu. »Ich schau mal, ob das CTG schon fertig ist, und bring die Mama gleich mit. Wenn du es dir zutraust, kannst du den Muttermund kontrollieren.«

Mitzuerleben, wenn neues Leben geboren wurde, zu *fühlen*, wie sich ein Kind seinen Weg hinaus in die Welt bahnte, verlor auch in seiner Wiederholung nichts an Faszination. Wenn Rebekka mir die Handgriffe zutraute, tat ich es auch. Wackelnd streckte ich einen Finger in die Luft, die Maßeinheit für zwei Zentimeter. Zehn Zentimeter brauchte es, bis ein Muttermund vollständig geöffnet war und das Kind geboren werden konnte. »Ich bin so was von bereit.«

Rebekka lachte und streifte mir auf dem Weg zur Tür mit der flachen Hand über den Rücken.

Zu Hause überschüttete ich Elias mit einem detaillierten Bericht über die rasche Geburt. Ich war wie im Rausch – noch immer trunken von der durchtanzten Nacht im Club und high von der unkomplizierten Geburt des kleinen Mädchens. Keine vernebelte Ekstase, in der Konturen verschwammen und sich Geräusche dämpften, sondern vielmehr das Gegenteil. Meine Sinne waren geschärft, die Gedanken glasklar, und ich fühlte mich so lebendig wie schon lange nicht mehr.

Meine Euphorie und die ausführlichen Details zu Geburtskanälen und Presswehen überforderten Elias, er hörte mit gequältem Lächeln zu, wie ich von der Beschaffenheit der Plazenta erzählte, die ich nach der Geburt hatte untersuchen dürfen.

»Das klingt, als hättest du einen fantastischen Tag gehabt«, sagte er schließlich und war etwas grau um die Nase.

»Absolut fantastisch!«, bestätigte ich strahlend. »Und die letzte Nacht war ebenfalls fantastisch. Das ganze Leben ist fantastisch!« Völlig überdreht wirbelte ich in Pirouetten neben seinem Schreibtisch, bis mir schwindelig wurde und ich mich an der Tischkante festhalten musste. »Apropos Nacht: Kannst du mich für das kommende Wochenende wieder auf die Gästeliste setzen?«

»Klar«, sagte er und spielte mit der Verschlusskappe des Textmarkers, der heftig in dem Buch, das vor ihm lag, gewütet und ein neongrünes Schlachtfeld aus krakeligen Linien und eingekreisten Wörtern hinterlassen hatte. »Milla und Basti auch?«

»Nein, aber eine Kollegin aus der Klinik.«

»Wie heißt sie denn?«

»Rebekka.«

»Deine Ausbilderin?« Aus seinem Mund klang es falsch, als besuchte man mit seiner Ausbilderin keinen Club.

»Ist das ein Problem?«

»Überhaupt nicht.« Er lächelte aufrichtig und setzte den Stift wieder an. »Ich freue mich, dass du jemanden zum Weggehen und Abtanzen gefunden hast.« Schon vor der Sache mit seinem Knie war er nie ein begeisterter Tänzer gewesen. Nachts unterwegs waren wir trotzdem. Aber das war früher.

»Was machst du da eigentlich?« Ich deutete auf das Buch.

Er klappte den Deckel zu, damit ich den Titel sehen konnte.

»Professor Dr. Jakob Grasser«, las ich laut. »*Kafkas Mythos der unterdrückten Ängste*. Es gibt einen ganzen Mythos unterdrückter Ängste? Mir hat in der Kollegstufe schon *Die Verwandlung* gereicht.«

»Es gibt sogar eine Vorlesung zu dem Thema. Mein Professor hat das Buch geschrieben.«

»Ziemlich smart, die eigenen Verkaufszahlen zu steigern, indem man eine Vorlesung als Werbeveranstaltung nutzt.«

»Weniger smart als brillant.« Fast liebevoll strich er über das Cover. »Du solltest mal eine seiner Vorlesungen erleben.«

»Klingt wahnsinnig verlockend, aber ich schätze, ich passe.« So wenig wie er sich für Geburten begeisterte, teilte ich seine Leidenschaft für Literatur. Aber es war vollkommen okay, unterschiedliche Interessen zu haben. Dadurch geriet das Gleichgewicht einer Beziehung nicht zwangsläufig in bedenkliche Schieflage. Zumindest redete ich mir das ein.

»Vergiss die Gästeliste nicht, ja?«, wiederholte ich drängend meine Bitte, und wie immer, wenn er sich tiefer in meine Gedanken graben wollte, weil ihn etwas an der Oberfläche irritierte, kniff er die Augen zusammen und sah mich aufmerksam an.

»Hab ich doch gesagt.«

Mit gespreizten Fingern fuhr ich durch seine Haare, die ohne Gel weich und wuschelig waren. »Gut. Ich wollte nur sichergehen.«

Elias schnappte sich meinen Zeigefinger und tippte die Spitze gegen seine Schläfe. »Rebekka und Sophie. Samstagabend. Gästeliste. Alles abgespeichert.« Dann führte er ihn an seine Lippen und murmelte, jedes Wort ein winziger Kuss: »Ich war vorhin einkaufen. Es gab Auberginen im Angebot. Du weißt, was das heißt?« Vielsagend wackelte er mit einer Augenbraue, und ich antwortete irritiert: »Wieso willst du kochen?«

»Weil wir essen müssen?«, erwiderte er belustigt.

»Das werden wir auch. Aber nicht Parmigiana di Melanzane.« Natürlich wusste ich, was er mit den Auberginen anstellen würde. Das, was er und seine Mutter immer damit anstellten, sobald sie Auberginen in die Finger bekamen. Aber heute würde es keinen italienischen Auflauf geben. Ich gewann die Kontrolle über meine Hand zurück und klopfte mit den Fingerknöcheln gegen seine Stirn. »Schon vergessen, dass wir mit Milla und Basti verabredet sind? Thailänder und Weihnachtsmarkt?«

»Das war heute?« So viel dazu, wie gut sein Gehirn Informationen abspeicherte.

»Allerdings, und ich freue mich schon den ganzen Tag darauf.«

Elias rieb sich das Gesicht. »Und ich mich aufs Sofa.« Wo seine Handkante über die markierten Seiten des Buches gewischt hatte, leuchtete die Haut neongrün und bildete einen krassen Kontrast zu den fahlen Ringen unter seinen Augen.

»Für jemanden, der so erbittert darum kämpft, endlich wieder mit beiden Beinen im Leben zu stehen, liegst du ausgesprochen gern auf diesem Scheißsofa.« Viel zu spät biss ich mir auf die Lippen. »Tut mir leid. Das ist mir so rausgerutscht. Ich rufe Milla an und sage ab.«

Erneut kratzte sein Blick wie ein scharfes Messer über meine Oberfläche, auf der ich den Schein wahrte, dass ich lieber in Gesellschaft eines Auberginenauflaufs zu Hause blieb, statt mich mit Freunden zu treffen. Er bohrte tiefer und tiefer, bis er plötzlich zurückschreckte. Er hatte gesehen, wovor ich mich manchmal fürchtete. Dass wir in Schieflage gerieten, unsere Bedürfnisse die Balance verloren und das Gleichgewicht zu kippen drohte. »Vergiss das Sofa«, sagte er tonlos. »Und den Auflauf. Wann treffen wir die beiden?«

»Ist schon gut«, flüsterte ich, weil mir das Kippen ebenso Angst einjagte wie ihm.

»Nein«, widersprach er heftig. »Ist es nicht.«

Und dann sagte er gar nichts mehr.

Kapitel 11 Tilda

Donnerstag, 7. Dezember

»Ich brauche einen Vorschuss auf mein Taschengeld.« Obwohl ich diesen einfachen Satz den ganzen Heimweg lang geübt hatte, holperte er mir ungeschickt über die Zunge.

Mit argwöhnischem Blick nuckelte Jakob an seiner Pfeife. »Es ist erst Monatsanfang, und du hast schon alles ausgegeben?« Der Tabakrauch roch wie immer, ohne einen Hauch von Whisky.

»Ich habe eine größere Investition zu tätigen, die den verbleibenden Finanzrahmen meines Budgets sprengt.« Auch das hatte ich geübt.

»Investition? Finanzrahmen? Willst du mich veräppeln?«

»Nein.«

»Dann sag mir, wofür du den Vorschuss brauchst.«

Beharrlich presste ich die Lippen aufeinander. Schweigen war besser als Lügen. Und Lügen weniger demütigend als die Wahrheit. Fürs Erste wählte ich die Schweigemethode. Lügen konnte ich bei Bedarf immer noch.

»Damit ich das richtig verstehe: Du bittest mich um eine nicht näher definierte Summe für eine, ich zitiere, *größere Investition*, ohne mir zu verraten, welche das sein soll?«

Mein zustimmendes Nicken quittierte er mit einem sarkastischen Lachen. »Nun, ich schätze, unter diesen Voraussetzungen bleibt der Geldhahn zu. Von welchem Betrag sprechen wir überhaupt?«

Zögerlich gab ich zumindest diese Information preis. »Hundert Euro. Vielleicht achtzig.« Je nachdem, wie günstig ich besorgen konnte, was ich brauchte.

Mein Vater schüttelte ungläubig den Kopf, feine Schuppen segelten aus seinen Haaren auf den kratzigen Pullunder. »Ist dir eigentlich bewusst, wie verdächtig das klingt? Mich um Geld für eine ominöse Investition zu bitten, deren Summe du nicht genau kennst? Steckst du in Schwierigkeiten? Es geht doch nicht um Drogen, oder?«

Das schien mir der richtige Moment, die Taktik zu wechseln. »Ich bin über Scherben gefahren«, log ich.

»Schon wieder?« Sein Misstrauen wuchs.

Verdammt. Ich hatte unterschätzt, wie schnell sich Lügen bei mehrfachem Gebrauch abnutzten. Im Sommer, kurz vor Notenschluss, hatte ich die Scherbengeschichte schon einmal erzählt. Meine Mitschülerinnen und Mitschüler hatten gefordert, den letzten Physik-Test annullieren zu lassen, bei der ein Großteil unterirdisch schlecht abgeschnitten hatte. Fast war es ihnen gelungen, die Referendarin weichzukochen, doch im letzten Moment bestand sie auf eine Abstimmung, die einstimmig ausfallen musste, damit der Test wiederholt wurde. Es hatte nur eine Gegenstimme gegeben. Meine. Nicht, weil ich befürchtete, beim Wiederholungstest eine schlechtere Note zu schreiben. Das wäre ohnehin nicht passiert. Aber Simon hatte eine Drei, was ein echter Erfolg war, auch wenn er den Großteil von mir abgeschrieben hatte. Dass ihm das ein zweites Mal gelingen würde, hielt ich für unwahrscheinlich. Weil er am Tag der Abstimmung geschwänzt hatte, hatte meine Veto-Stimme die Annullierung des Tests verhindern müssen. Sofort war Tumult ausgebrochen, man hatte mich ausgebuht, und Jan hatte die Klinge seines Taschenmessers schnalzen lassen, mit dem er manchmal unter der Bank spielte, wenn ihm langweilig war. Beides hatte mich zunächst wenig beeindruckt, aber nach Schulschluss waren meine Fahrradreifen der Länge nach aufgeschlitzt gewesen. Ich hatte Jakob die Geschichte mit den Scherben aufgetischt, und Jan war ungeschoren davongekommen. Rückblickend war es womöglich ein Fehler gewesen, ihn nicht zu verpetzen. Denn einen Tag, nachdem Jan mich als Strebsau beleidigt hatte und nachsitzen musste, ließ er seine Wut erneut an meinen Reifen aus.

»Das ist ausgesprochen ärgerlich«, brummte Jakob gereizt, zückte aber dennoch sein Portemonnaie und kratzte fünfundsiebzig Euro zusammen. »Mehr Bargeld hab ich nicht.«

»Kein Problem, das ist mehr als genug.« Mehr denn je hoffte ich auf ein günstiges Angebot im Fahrradladen. »Ich mach mich gleich auf den Weg.« Umständlich fummelte ich das Geld in meine enge Jeanstasche und hoffte, er würde mir anbieten, mich schnell mit dem Auto zu fahren. Aber er nickte nur und widmete sich wieder seiner Pfeife.

Ich verließ das Haus und lief los, erst langsam, dann immer schneller, und schließlich rannte ich, bergab, immer bergab, diesmal getrieben von einer Wut, die mein Herz stolpern ließ wie einen mit falschem Benzin betankten Motor. Auf Dauer würde mich diese Wut kaputtmachen. Motorschaden, irreparabel. Ich war wütend auf Jan, der mir erneut Ärger eingebrockt hatte und wütend auf meinen Vater, der nie bemerkte, wenn ich seine Hilfe brauchte, und sei es nur, um mich in die Stadt zu fahren. Am schlimmsten war die Wut auf mich selbst, weil ich nie um Hilfe bat und mich schämte, Jakob von Jan zu erzählen. Oder irgendjemandem. Nur Gustav ahnte vielleicht etwas, weil ich ihn dieses Mal um Flickzeug gebeten hatte. Er hatte mir seine Hilfe angeboten, doch als er den Schaden an den Reifen gesehen hatte, hatte er voller Bedauern die Schultern gezuckt. »Nichts zu machen, Tilda. Da hat sich jemand mit einer Klinge ausgetobt.« Auf seine Frage, wer dahintersteckte, hatte ich eisern geschwiegen, aber Gustav hatte nicht lockergelassen. »War das der Punk, mit dem du hier manchmal rumhängst? Der immer Ärger macht?«

»Simon würde so was nie tun.«

»Aber das mit den Sternen war er doch, oder? Wenn er sich nicht entschuldigt und den Schaden bezahlt, werde ich die Direktorin informieren.« Er hatte auf das Rad gezeigt. »Das solltest du auch melden.« Obwohl er mir versprochen hatte, künftig ein wachsames Auge auf den Keller zu haben, wusste, ich dass mich seine Wachsamkeit nicht beschützen konnte.

Gerade noch rechtzeitig vor Ladenschluss stolperte ich in das Fahrradgeschäft, fand günstige Schläuche und ein Paar Reifen, deren billiges Profil kaum die fünfzig Euro wert waren, die ich an der Kasse dafür hinblättern musste. Die Reifen wie eine Tasche über eine Schulter gehängt und die Schläuche in die Jacke gestopft, verließ ich den Laden.

Vorweihnachtstrubel schwappte durch die Stadt, vom Unteren Markt tönte die Musik der Marktbuden. Wie eine goldwarme, leuchtende Glasglocke trotzte ihre Beleuchtung der Dunkelheit. Magisch angezogen vom Licht und von der Musik, fand ich mich wenig später zwischen einem Bratwurststand und einem mobilen Pizzawagen wieder. Wie ein Käfer im Spinnennetz klebte ich an der weihnachtlichen Atmosphäre und versuchte gar nicht erst, mich zu lösen. Zu verlockend waren die Buden und Gerüche, das warme Licht und die feierliche Musik. Ich sah mir alles an, auch das, was mich gar nicht interessierte, und blieb lange am Stand mit den Bienenwachskerzen stehen, von denen ich Jakob jedes Jahr eine zu Weihnachten schenkte. Wie immer würde unsere Küche ein paar Wochen wie ein Honigtöpfchen riechen, bis das Wachs geschmolzen, der Duft verflogen und mit dem weggeworfenen Stummel der letzte Rest der Feiertage entsorgt war. Am Stand nebenan reihten sich bunte Silikonbackformen aneinander, erfüllten vom Einhorn bis zur Eisenbahn jeden nur vorstellbaren Motivtortenwunsch. Ich wollte gerade schauen, ob es auch einen Elch gab, als mich ein Schrank von einem Mann anrempelte, der vier dampfende Tassen balancierte. Ein Schwall zäher Eierpunsch ergoss sich über meinen Arm, aber der Kerl verschwand ohne Entschuldigung im Getümmel. Punsch tropfte von meiner Jacke, und ich reihte mich fluchend in die Schlange vor dem Lebkuchenhaus ein, um nach Servietten zu fragen.

Vor mir stand ein älteres Pärchen, kaum jünger als mein Vater. Beide trugen warme Funktionsjacken und Fellmützen mit Ohrenklappen. Ihre Hände steckten in praktischen Fleecehandschuhen und waren zu einer runden Kugel Liebe verschmolzen. Sie lächelten einander an, und obwohl mir die Vergleichswerte fehlten, hielt ich es für unwahrscheinlich, dass man mehr Zuneigung in ein Lächeln packen konnte als in dieses. Manche Menschen hatten so viel davon, Unmengen an Zuneigung und Liebe. Sogar hier, an Stangen und Haken baumelte Liebe in verschiedenen Größen, dunkle Lebkuchenherzen mit bunten Schriftzügen, *I mog di, Lieblingsmensch, Spatzerl.* Darunter, in der beleuchteten Auslage, kandierte Liebesäpfel. Ein wahrer Liebesüberfluss und ich mittendrin, an ernsten Mangelerscheinungen leidend, ohne Lebkuchenherz um den Hals, aber mit eiskalten Händen, die zwar unzählige Male gezeichnet, aber nie liebevoll gehalten worden waren und für die ich weder Fleecehandschuhe besaß noch jemanden hatte, der sie wärmte. Ich dachte an meinen Vater, dem ebenfalls beides fehlte. Vielleicht klammert er sich deshalb immer an seinen Rotweinflaschen fest. Die Vorstellung, irgendwann zu enden wie er, ungeliebt, einsam, nur die Rundungen eines Bocksbeutels liebkosend, gefiel mir ganz und gar nicht.

Ich zog das Handy aus der Jackentasche und tippte eilig eine Nachricht.

Tilda

Ich hasse Rotwein. Aber Mandeln mag ich. Hier gibt es viele, Vanille-Mandeln, Zimt-Mandeln und Gebrannte. Wenn du in der Nähe des Weihnachtsmarktes bist, bekommst du ein paar ab. Aber bitte lass deinen Edding stecken. Es wimmelt hier von Sternen.

Ich behielt das Display im Auge und schielte zugleich immer wieder zu dem alten Pärchen. Sie bestellten Magenbrot, den Vorteilspack, was mich irgendwie rührte. Als ich an die Reihe kam, kaufte ich eine noch warme Spitztüte Gebrannte Mandeln, schnappte mir einen Stapel Servietten, mit denen ich notdürftig den Ärmel reinigte, und wartete. Die Nachricht war zugestellt und kurz darauf gelesen worden. Simon würde sicher gleich antworten.

Nach einer Dreiviertelstunde waren die Mandeln kalt und ich stand noch immer allein. Enttäuscht riss ich die Tüte auf und stopfte mir den gesamten Inhalt auf einmal in den Mund. Mein Kiefer leistete Schwerstarbeit, zerkaute Zuckerguss und Ernüchterung und knackte vor Anstrengung, beides kleinzukriegen.

Ich dachte an Fleecehandschuhe und machte mich auf den Weg nach Hause. Vielleicht bildete ich es mir nur ein, aber die chinesischen Billigreifen auf meiner Schulter wogen mit einem Mal so schwer wie dicke Eisenketten. Vielleicht war es aber auch die Einsamkeit, die an Gewicht zugelegt hatte.

Kapitel 12 Basti

Donnerstag, 7. Dezember

»Alter, ich hab die Hälfte von dem guten Zeug wegen einer schrägen Trulla verschüttet, die mit Fahrradreifen über den Weihnachtsmarkt zockelt.« Kopfschüttelnd verteilte ich die Tassen. Elias bekam die mit dem wenigsten Schwund, er brauchte unbedingt Alkohol. Den ganzen Abend über hatte er kaum den Mund aufbekommen und so langsam auf seinen gebratenen Nudeln herumgekaut, als wäre Kauen eine Religion. Nicht, dass sein Buddha-Schweigen beim pausenlosen Geschnatter der Mädels groß ins Gewicht gefallen wäre. Milla hatte vor lauter Plappern sogar vergessen, ihren Algensalat zu essen, während Sophie gleichzeitig aß und redete. Notfalls mit vollem Mund. Seit langem hatte sie wieder von der Thailandreise gesprochen. Schon früher hatte sie alle mit Thailand genervt. Selbst in der Schülerzeitung wurde mal in der Rubrik *Was wird aus ...?* eine Fotomontage von Sophie und Elias an der Maya Bay, dem berühmten Strand aus *The Beach*, abgedruckt. Der dazugehörige Text hatte ein gar nicht mal so abwegiges Szenario beschrieben, in dem die beiden von Juni bis Oktober, den Monaten zwischen zwei NBA-Seasons, in einer Strandvilla in Thailand lebten und ihre guten Gene an eine Schar hochgewachsener und widerlich hübscher Kinder weitergaben. Aber dann war diese Sache mit Elias passiert, Sophie hatte ihre Reisepläne auf Eis gelegt und nicht wieder aufgetaut. Bis heute. Fast wie früher hatte sie während des Essens davon geschwärmt, mit dem Rucksack von Insel zu Insel zu reisen, und Elias war immer stiller geworden.

Aufmunternd prostete ich ihm zu. »Cheers, mein Bester. Du musst trinken, solange das Zeug noch warm ist. Kalt schmeckt der Punsch beschissen.« Warm auch nicht besonders, wie ich schnell feststellte.

»Er hat recht.« Ein hübsches Ding mit übertrieben großen Plüschohrenschützern stand mit einem Mal neben uns und strahlte Elias an wie ein Stadionflutlicht. »Kalter Eierpunsch ist grauenhaft.«

Trotz der Wintermontur erkannte ich sie. »Du bist das Cocktailmädchen aus dem *Circle*.«

Mit einem Schlag erlosch das Flutlicht. »Cocktailmädchen?« Sie spuckte mir ihre Frage wie die wütende Reaktion auf eine Beleidigung vor die Füße und hob voller Abscheu eine Augenbraue. Neuerdings musste man gewaltig aufpassen, was man sagte, um nicht versehentlich gegen irgendeine unsichtbare feministische Etikette zu verstoßen. *Cocktailmädchen* war wohl ein solcher Verstoß.

Ich gab mich zerknirscht. »Sorry, ich hab deinen Namen vergessen.« In Wahrheit kannte ich ihren Namen gar nicht. Alles, was ich über sie wusste, war, dass sie meistens keine BHs trug, wenn sie im Club hinter dem Tresen stand. Wohl auch so ein Emanzipationsding. Free your boobs und so.

»Nele«, Elias betonte beide Silben extra deutlich, damit ich sie abspeicherte, »ist Barmaid im Club.«

Ich fand nicht, dass Barmaid besser klang als Cocktailmädchen, aber Nele lächelte Elias dankbar zu, als hätte er ihre Ehre gerettet.

»Barkeeperin ginge auch in Ordnung«, sagte sie mehr zu ihm als zu mir, obwohl ja nicht er, sondern ich eine Erklärung brauchte. »Aber die offizielle Berufsbezeichnung lautet Barmaid.«

»Super, dann hätten wir das geklärt.« Ich bot ihr ein versöhnliches High five an, aber sie steckte demonstrativ die Fäuste in die Manteltaschen.

Elias lachte über mein verschmähtes Friedensangebot. Wenn es nicht auf meine Kosten gewesen wäre, hätte ich mich über sein erstes Lachen an diesem Abend gefreut.

Noch gab ich nicht auf. »Darf ich dir als Wiedergutmachung für meinen Schnitzer einen Drink ausgeben, Nele?«

Milla, die bislang so getan hatte, als würde sie sich mit Sophie unterhalten, warf mir einen bösen Seitenblick zu. Manchmal war es stressig, dass sie so eifersüchtig war. Dabei ließ ich mich höchstens auf kleine, harmlose Flirts ein. Sophie dagegen schien nicht mal bemerkt zu haben, dass unsere Vierergruppe Zuwachs bekommen hatte, auch nicht, dass dieser Zuwachs ihren Freund jetzt anstrahlte wie eine Gewächshauslampe eine lichtbedürftige Pflanze. Sie kannte keine Eifersucht, was vielleicht daran lag, dass Elias sämtliche Baggerversuche anderer Frauen an sich abperlen ließ wie ein verdammter Lotus.

Nele ignorierte meine Frage, also beschloss ich, zu handeln. »Ich hol jetzt einfach 'ne Runde. Aber wir steigen besser auf Glühwein um. Sind alle dabei?«

»Danke, ich bin bedient«, konterte Milla zweideutig.

Fragend sah ich zu Sophie, aber die winkte ab und quasselte unbeeindruckt weiter. »Diese Frau ist der Wahnsinn, sie behält selbst in den kritischsten Situationen die Nerven. Neulich zum Beispiel steckte der Kopf des Kindes fest und ...«

Zeit, mich vom Acker zu machen. Nicht, dass mir Sophies gruselige Geschichten über Dammrisse und die erstaunliche Dehnfähigkeit von Vaginen noch die Lust am Sex versauten. Ich besorgte fünf Tassen Glühwein und ließ mir auf dem Rückweg Zeit, um sicherzugehen, dass die Story vom feststeckenden Kinderkopf fertig erzählt war. Idealerweise hatte sich in der Zwischenzeit auch Millas Anflug von Eifersucht gelegt. Aber ich trödelte zu lange, bei meiner Rückkehr waren die Mädels verschwunden. Nur Elias und Nele standen noch beieinander. Lotus und Lampe.

»Wo sind denn alle?«, fragte ich verdutzt.

»Sophie kauft Maronen, und Milla wollte sich die Stände ansehen.« Elias nahm mir zwei Tassen ab und reichte eine an Nele weiter. Die bedankte sich überschwänglich, als hätte er den Punsch bezahlt, und ich war nichts weiter als der dumme Kerl, der die Heißgetränke servierte.

»Gern geschehen«, murmelte ich und versuchte, dem Gespräch der beiden zu folgen, das eher ein Monolog war. Nele redete, und Elias hörte zu.

»Robert ist ein elendes Aas, da musst du wirklich aufpassen. Seine Laune ändert sich manchmal schneller, als du eine Flasche Champagner aufmachen kannst.«

Ich nickte, als wüsste ich, worum es ging. »Echt anstrengend, solche Typen.«

Sie machte wieder diese Sache mit ihrer Augenbraue und ignorierte meinen Einwurf. Freunde wurden wir wohl keine mehr. Schade eigentlich. Es hätte nicht geschadet, gleichzeitig mit dem Türsteher und der Barmaid des hippsten Clubs der Stadt befreundet zu sein. Aber um dieser persönlichen Schmach wenigstens etwas Positives abzugewinnen, blieben mir so unangenehme Eifersuchtsszenen mit Milla erspart. Wir hatten genug andere Probleme, die wir dringend auf die Reihe bekommen mussten, denn ich brauchte Milla. Sie bremste mich, wann immer ich zu viel Gas gab, und verhinderte, dass ich mit meiner eigenen Energie kollidierte. »Du bist ein Erwachsener mit ADHS«, behauptete sie, und vielleicht stimmte das. Allein schon hier herumzustehen und Neles Geschwafel zuzuhören langweilte mich.

»Ich dreh eine Runde«, raunte ich Elias zu, der so tat, als würde er Nele zuhören. Aber ich sah ihm an, dass er sich auch langweilte.

Auf der Suche nach Milla entdeckte ich Sophie zusammen mit einer Bekannten am Maronenstand, der aussah wie eine kleine Lokomotive. Sie teilten sich eine Portion Esskastanien und hatten sich wohl an den heißen Maronen den Mund verbrannt, denn sie wedelten lachend und hechelnd mit ihren Händen vor den Lippen. Mit den ursprünglich für Milla und Sophie gedachten und inzwischen kalten Tassen Glühwein ging ich auf die beiden zu.

»Da komme ich ja genau richtig!« Mit breitem Grinsen streckte ich ihnen die Tassen entgegen und erntete verdutzte Blicke. Ich deutete auf die Maronen. »Diese kleinen Scheißer können tückisch sein. Meine Schwester hatte davon mal eine Brandblase an der Lippe. Das war ein Theater. Der hier hilft bestimmt.«

Sophies Begleitung sah mich an, als wäre ich bekloppt, und machte keine Anstalten, mein Angebot anzunehmen. Kein Wunder, ich hatte mich ja noch nicht mal vorgestellt.

»Hi, ich bin Basti und habe zu viele Getränke gekauft.«

»Hi, ich bin Rebekka, und das ist die dämlichste Anmache, die ich je gehört habe.«

Um ihr zu zeigen, dass von mir keine Gefahr ausging, tätschelte Sophie meine Schulter. *Keine Angst, der beißt nicht!* »Basti ist die bessere Hälfte von Milla, der Freundin, mit der ich hier bin. Ich hab dir von ihr erzählt. Die angehende Designerin?«

Ich wunderte mich kurz, wieso sie so umständlich erklärte, wer ich war, und Elias mit keinem Wort erwähnte. Ohne mir Rebekka offiziell vorzustellen oder wenigstens von den Maronen anzubieten, nahm sie mir die Tassen ab und schien darauf zu warten, dass ich mich vom Acker machte. Als ich das nicht tat, half sie nach.

»Milla wollte da vorn nach Ohrringen schauen.« Vage zeigte sie Richtung Karussell.

»Oha. So wie ich sie kenne, hat sie sich schon unsterblich in mindestens zehn Paar verliebt und kann sich nicht entscheiden.« Ich lachte, aber niemand stimmte mit ein. »Na ja, dann pack ich's mal …« Irgendwie verhielten sich alle an diesem Abend äußerst merkwürdig.

Mit Ausnahme von Milla. Auf sie war Verlass. Eifersüchtig, wenn ich zu lange in die falsche Richtung schaute, und unentschlossen bei der Entscheidung, welche Ohrringe sie kaufen sollte. Ich fand sie mit verzweifeltem Blick vor einem Spiegel, der mit Kabelbindern an einem Holzpfahl des Schmuckstands befestigt war.

»Gut, dass du kommst«, seufzte sie erleichtert, als sie mich im Spiegel entdeckte. »Ich brauche deinen Rat. Welche findest du besser?« An ihrem rechten Ohr baumelte etwas, das aussah wie eine silberne Raute aus sich überlappenden Dachschindeln, am linken eine riesige Creole mit drei grünen Steinen.

Ich tippte gegen die Creole. »Die Steine haben das gleiche Moosgrün wie deine Augen.«

Sie war nicht überzeugt. »Ich bin mir nicht sicher, ob ich Moos an den Ohren haben will.«

»Besser als Dachschindeln«, murmelte ich.

Fragend suchte sie meinen Blick im Spiegel. »Was?«

Besänftigend legte ich eine Hand auf ihre schmale Schulter. »Es ist völlig egal, welche Windspiele du dir an die Ohrläppchen klöppelst. Dir steht alles. Und fürs Protokoll«, ich küsste ihren Hinterkopf, »moosgrüne Augen sind die Besten.«

»Erstaunlich, dass du dich an meine Augenfarbe überhaupt erinnerst, nachdem du vorhin bis zum Schwanzansatz in den Augen dieser Tussi versunken bist.«

Manchmal war alles an Milla anstrengend. Die Eifersucht und ihre Essstörung, die sie beide nicht in den Griff bekam, die Launen, wenn sie sich mit ihrer Mutter zoffte, und die Unfähigkeit, sich für ein verdammtes Paar Ohrringe zu entscheiden. Geschlagene zwanzig Minuten überlegte sie, und am Schluss wurden es ganz andere, kreditkartengroße Gardinen aus dünnen Silberfäden, die ihr bis auf die Schultern hingen und mich an den Perlenvorhang erinnerten, den meine Oma an der Balkontür hatte.

Als Milla zahlte, fotografierte ich heimlich die Dachschindeln und die Mooscreolen, für den Fall, dass ich noch ein Weihnachtsgeschenk brauchte. Vielleicht war das aber gar nicht mehr nötig.

Kapitel 13 Jakob

Donnerstag, 7. Dezember

Langsam drehte ich mich von der rechten auf die linke Seite. Die Matratze ächzte so erbärmlich, wie ich mich fühlte. Ich konnte nicht schlafen und spürte einen unangenehmen Druck auf der Blase. Letzteres lag hoffentlich nicht an der Prostata, sondern an der großen Tasse Schlummertee, mit dem ich vor einer halben Stunde den Schlaf hatte herbeitrinken wollen, den mir der Rotwein versagt hatte. Sicher war ich mir nicht. Im besten Fall war für alles der Schnee verantwortlich. Mein Körper reagierte wie ein Seismograph auf Wetterveränderungen. Besonders auf den ersten Schnee des Winters, der seit Stunden vom Himmel rieselte. Alles geriet aus dem Gleichgewicht, sobald die ersten Flocken fielen, nicht nur in meinem Unterleib. Die Menschen, allen voran die Autofahrer, gerieten regelrecht in Panik, als hätten sie noch nie einen weißen Winter erlebt, weil Würzburg nicht in Bayern, sondern auf Vanuatu oder den Fidschi-Inseln lag, wo seit Beginn der Wetteraufzeichnungen noch nie Schnee gefallen war. Auch der Winterdienst zeigte sich jedes Jahr aufs Neue überrumpelt, Räumfahrzeuge rückten nicht rechtzeitig aus, um die Straßen verkehrstauglich zu machen. Dann blieben morgens die Hörsäle und Seminarräume leer, weil die Busse sich verspäteten oder gar nicht erst fuhren.

Ich gab dem Druck nach und leerte im Bad erleichtert stöhnend meine Blase. Auf dem Rückweg warf ich einen Blick in Tildas Zimmer. Es war noch immer verwaist.

Zurück im Bett suchte ich nach einer bequemen Position und einem freundlichen Gedanken, der nichts mit dem zu erwartenden Verkehrschaos am Morgen und dem Fernbleiben meiner Tochter am Abend zu tun hatte, fand aber weder das eine noch das andere.

Tilda verhielt sich zunehmend merkwürdig. Ich dachte an ihre anstrengenden Versuche, mir die Weihnachtszeit zu versüßen. Erst der Pralinenkalender, dann die Walnüsse in meinem Schuh. Noch immer schmerzte der eingewachsene Zehennagel vom Zusammenstoß mit den harten Schalen. Wenn er sich bloß nicht wieder entzündete. Natürlich erkannte ich ihre guten Absichten, aber wirkliche Freude wollte sich nicht einstellen. Man dachte nur an den Beutel Kräutertabak mit Whiskygeschmack. Was sollte man dazu sagen?

Danke, soufflierte Hildchen meinem Gewissen. *In der Regel sagt man Danke.*

»Wieso sollte ich Whisky in der Pfeife rauchen, wenn ich ihn nicht mal trinken will?« Die halb gegrunzte, halb gemurmelte Frage wirkte lächerlich, zumal niemand da war, der sie beantwortete.

Ich drehte die Uhr an meinem Handgelenk, bis schwaches Licht vom Fenster auf das Ziffernblatt fiel. Fast Mitternacht.

Nicht, dass ich mir Sorgen machte. Tilda konnte ausgezeichnet auf sich selbst aufpassen. Das hatte sie früh gelernt. Aber etwas an ihrer Geschichte mit den Reifen hatte mich beunruhigt. Natürlich las ich in der *Main Post* immer wieder Artikel, in denen Anwohner über Müll und Unrat auf Gehwegen, Mainpromenaden und öffentlichen Plätzen klagten. Das war der Preis, den Würzburg als Studentenstadt zahlen musste. Waren Heinrich und ich als junge Burschen noch in urigen Kneipen eingekehrt, um gemütlich bei einem Bocksbeutel über Kunst, Politik und den Sinn des Lebens zu philosophieren, zogen heutzutage Horden alkoholisch betankter Studierender durch die Innenstadt und am Mainufer entlang. Müll, Sachbeschädigungen und Erbrochenes säumten die Wege, wurden zum Symbol des Ärgers und beliebtes Fotomotiv der Lokalpresse, die nicht müde wurde, die Missstände anzuprangern. Ich erinnerte mich an die größte Tollheit, zu der Heinrich und ich uns in unserer Sturm- und Drangzeit hatten hinreißen lassen: Wir hatten in unserer Lieblingsweinstube eine in Leder gebundene und mit goldenen Trauben geprägte Getränkekarte entwendet, die noch immer, in Glas gerahmt, in Heinrichs Büro hing. Kein Vergleich zu den abgetretenen Autospiegeln und brennenden Mülltonnen, von denen man inzwischen in der Zeitung las.

Trotz der bekannten Unratproblematik der Stadt zweifelte ich an Tildas Geschichte, schon wieder Opfer herumliegender Scherben geworden zu sein. Vor allem wegen ihres verdächtigen Gebarens, als sie mich um das Geld gebeten hatte. Ich konnte mich des Eindrucks nicht erwehren, dass sie in Schwierigkeiten steckte.

Obwohl kaum eine Minute vergangen sein konnte, seit ich das letzte Mal auf die Uhr gesehen hatte, schob ich mir erneut das Ziffernblatt im schwachen Licht zurecht, das durch das Fenster sickerte.

Das Licht.

Abrupt setzte ich mich auf. Der Mond steckte chancenlos hinter dicken schneegrauen Wolken fest und war nirgendwo am Nachthimmel zu sehen. Mein eingewachsener Zehennagel pulsierte. Ich schlug die Decke zurück und stand eilig auf. Unter dem Schlafzimmer lag die Küche. Hatte ich vergessen, die Lampe auszumachen, als ich nach oben gegangen war?

Ich steckte meine Füße in die Pantoffeln, und der Zeh protestierte gewaltig. Er gab auch keine Ruhe, als ich lautlos ins Erdgeschoss hinunterschlich und mich innerlich für die

Begegnung mit einem Einbrecher wappnete, der sich an meinem Weinvorrat vergriff. Tatsächlich brannte in der Küche Licht, von einem Einbrecher aber fehlte jede Spur. Sicherheitshalber kontrollierte ich das Weinregal. Keine Flasche fehlte. Ich wehrte mich gegen den Gedanken, dass ich allmählich vergesslich wurde, und hatte schon die Hand am Lichtschalter, als mein Blick nach draußen fiel. Ich trat ans Küchenfenster.

»Was zum …«

Auf der Terrasse beugte sich Tilda über ihr Rad, das verkehrt herum auf Sattel und Lenker stand und die Reifen in die Luft streckte. Als ich die Terrassentür aufstieß, wirbelte der Luftzug Schnee herein.

»Tilda? Was tust du da?«

Sie sah auf, Gesicht und Augen gerötet, sicher von der Kälte. Das Schniefen, das ihre Antwort begleitete, ließ etwas anderes vermuten. »Reifen wechseln«, sagte sie knapp und wischte sich über die feuchte Wange. Offenbar hatte sie geweint.

»Bei dem Wetter? Merkst du nicht, dass es schneit? Und weißt du überhaupt, wie spät es ist? Wo warst du so lange?«

Die Antwort fiel kühl aus. »Reifen kaufen.«

Mir fiel die Motivvorlage der Geburtstagstorte für Hildchens Enkelin ein, die sie neulich im Büro ausgedruckt hatte. *Die Eiskönigin*. Ein anorektisches, blondes Ding mit kristallblauen Augen, die so groß waren, dass ich sogar als Laie eine Schilddrüsenüberfunktion diagnostizieren konnte. »So sehen heutzutage Zeichentrickfiguren aus?«, hatte ich ungläubig gefragt, und Hildchen hatte nachsichtig den Kopf geschüttelt.

»Elsa ist computeranimiert, Jakob. Zeichentrickfilme sind schon lange überholt.«

Tilda war weder blond noch blauäugig, wirkte aber genauso frostig wie die Eiskönigin Elsa.

»Reifen kaufen«, wiederholte ich und glaubte ihr kein Wort. »Die Geschäfte haben seit acht Uhr geschlossen. Jetzt ist es fast zwölf!«

»Ich bin langsam gelaufen.« Tilda blinzelte eine dicke Schneeflocke vom Auge, die sich in den Wimpern verfangen hatte, und widmete sich wieder dem Hinterrad.

Sie musste laufen, weil du sie nicht gefahren hast, hörte ich Hildchen schimpfen. Der Zeh pulsierte zustimmend. Er lief auch nicht gern. Mein Hilfsangebot kam spät, aber immerhin. »Kann ich dir zur Hand gehen?«

Tilda schüttelte den Kopf. »Wenn du mir aus dem Licht gehst, bin ich gleich fertig.«

Ich trat zur Seite, damit der Schein der Küchenlampe ungehindert durch das Fenster fiel, ohne sich an meinem etwas aus der Form geratenen Rücken zu brechen. Ratlos sah ich mich nach etwas um, das ich tun konnte, damit Tilda schnell ins Warme und ich zurück in mein Bett kam. Mein Blick fiel auf die alten Reifen auf dem Boden. Ich bückte mich, um sie aufzuheben, aber erst kam mir mein Bauch in die Quere, dann Tildas schnelle Hand.

»Ich mach das schon«, sagte sie und schnappte sich die Reifen.

»Meine Güte, nun sei doch nicht so bockig und lass dir helfen!« Der Nachdruck, mit dem ich auf meiner seltenen Hilfsbereitschaft bestand, überraschte uns beide. Energisch riss ich die Reifen an mich und stolperte mit grimmigem Blick zurück in die Küche. Unschlüssig, ob ich sie in der Restmülltonne oder im Gelben Sack entsorgen sollte, suchte ich nach einem Hinweis für korrekte Mülltrennung auf dem Gummi. Doch statt eines Recycling-Symbols entdeckte ich einen langen akkuraten Schlitz.

Ich bin über Scherben gefahren.

Wieder pochte mein Zeh, und ich untersuchte erst den anderen Reifen, dann beide Mäntel. Von der Terrasse drang ein Klappern in die Küche. Ich sah nach draußen, wo Tilda das Rad umdrehte und gegen die Hauswand lehnte. Sie klopfte sich den Schnee ab und schlüpfte aus den nassen Schuhen, bevor sie die Küche betrat.

»Die Reifen …«, sagte ich mit belegter Stimme und streckte ihr Selbige entgegen, damit die eben entdeckten Spuren für sich sprachen und ich den Satz nicht vollenden musste.

Tilda warf mir einen sonderbaren Blick zu. Ich glaubte, Scham zu erkennen, weil ich herausgefunden hatte, dass sie nicht über Scherben gefahren war, dieses Mal nicht und vermutlich auch nicht beim ersten Mal. Dazwischen las ich Erleichterung, dass ihr Geheimnis keines mehr war, dass sie mir erzählen konnte, was wirklich passiert war und auf meine Unterstützung hoffen konnte.

Sekunden vergingen, in denen die Wahrheit unausgesprochen in der Luft hing und Tilda mich mit diesem Blick ansah, der in meiner Brust hämmerte wie der nie richtig heilen wollende Zeh im Schuh.

Nun frag sie doch endlich!, drängte Hildchen, und wie so oft wünschte ich, sie wäre hier, nicht nur in meinem Kopf. Aber sie lag schlafend neben ihrem Mann, während ich alle Fragen sortierte und nach Dringlichkeit ordnete.

Wer ist dafür verantwortlich?

Warum hast du nichts gesagt?

Wie sorgen wir dafür, dass das aufhört?

Sogar ganz schwierige Fragen wagte ich testweise zu formulieren, Fragen, deren Antworten ich fürchtete.

Was macht das mit dir?

Die schwierigste von ihnen wagte ich sogar nur in Gedanken leise zu flüstern: *Was kann ich für dich tun, damit es leichter zu ertragen ist?*

Das Ergebnis meines mühsamen Sortierens und Ordnens hätte Hildchen enttäuscht. »Die Reifen …«, setzte ich vielversprechend an und versagte dann auf ganzer Linie. »Gehören sie in den Restmüll oder in den Gelben Sack?«

Kapitel 14 Elias

Freitag, 8. Dezember

Es schneite noch immer. Vom Schreibtisch aus beobachtete ich die wachteleigroßen Wattebäuschchen vor dem Fenster und betrieb Charakterstudien über die unterschiedlichen Herangehensweisen der Flocken beim Flug zur Erde. Es gab die Quirligen, die wirbelnde Extraloopings drehten, und die Pragmatiker, die sich, der Hoffnungslosigkeit ihres kurzen Daseins bewusst, schnurstracks in die Tiefe stürzten. Dann waren da noch die Pflichtbewussten, die schlicht ihren Job machten und ohne Firlefanz in konstanter Geschwindigkeit aus den Wolken fielen, im Gegensatz zu den Gemütlichen, die sich Zeit ließen, ihre Reise genossen und in gemächlichem Tempo wie Daunen zu Boden segelten. Ich fragte mich, zu welcher Gruppe ich gehören würde, wenn ich eine Schneeflocke wäre. Die Antwort gefiel mir nicht, und ich lenkte den Blick schnell zurück auf den Schreibtisch. Zwischen aufgeschlagenen Büchern stand ein kleiner Filztannenwald auf flachen Holzscheiben. Ihr gemeinsames Nähen mit Milla war derart eskaliert, dass Sophie gar nicht wusste, wohin mit dem ganzen Weihnachtskram. Sogar auf dem Toilettenspülkasten im Bad wuchs eine kleine Lichtung Filzbäume.

Ich versuchte, mich auf das Kafka-Buch meines Professors zu konzentrieren, aber der Alkohol vom Vorabend hämmerte trotz Schmerztablette noch immer in meinem Schädel. Basti hatte mir ständig neue Tassen in die Hand gedrückt, erst Eierpunsch, dann Glühwein und am Schluss Feuerzangenbowle, als wollte er mich abfüllen, abschleppen und flachlegen. Ich hatte den richtigen Moment verpasst, mit dem Trinken aufzuhören. Oder ihn bewusst übergangen. Sophie hatte fast eineinhalb Stunden gebraucht, um Maronen zu kaufen, und nicht auf meine Anrufe reagiert. Schließlich war sie wiederaufgetaucht, ohne Maronen, aber mit einer komischen Erklärung. »Tut mir leid, es gibt dieses Jahr so viele coole Buden, dass ich mich gar nicht sattsehen konnte.«

»Ich hab versucht, dich anzurufen.«

»Das Handy war stumm gestellt«, hatte sie gemurmelt und sich dann von Milla deren neue Ohrringe zeigen lassen.

Nachdenklich zog ich den letzten Yoga-Keks aus der Filzsocke, mit der meine Mutter mich beglückt hatte. Sie sagte den Keksen sämtliche gesundheitsfördernden Wirkungen nach, die man sich vorstellen konnte, und versorgte mich noch immer damit, um meine Abwehrkräfte zu stärken. Ich bezweifelte, dass simple Kekse Einfluss auf mein Immunsystem hatten, aber immerhin schmeckten sie einigermaßen. Wieder wanderte mein Blick zum Fenster. Gerade war eine Menge quirliger Flocken unterwegs, die auf Windböen ritten und in alle Richtungen stoben.

Wenn Sophie eine Schneeflocke wäre, dachte ich kauend, *dann eine von den Quirligen,* und als spürte sie, dass ich an sie dachte, klingelte in diesem Augenblick mein Handy.

»Hey«, meldete ich mich heiser. »Du kannst wohl Gedanken lesen. Ich hab eben an dich gedacht.«

»Tatsächlich? Gute Gedanken, hoffe ich.«

Du reitest auf Windböen, während ich stumpf zur Erde falle.

Ich war mir nicht sicher, ob das etwas Gutes war. Trotzdem sagte ich: »Wie immer, wenn du darin vorkommst.«

Sie lachte, als hätte ich einen dummen Witz gemacht. »Ich wollte hören, wie es deinem Kopf geht?«

»Besser«, log ich und richtete die Filzbäume vor mir so aus, dass alle im gleichen Abstand zueinanderstanden. »Rufst du deshalb an?«

»Ja.« Etwas sagte mir, dass auch das eine Lüge war. Oder zumindest nur die halbe Wahrheit. Nur eine Sekunde später erfuhr ich die andere Hälfte. »Ich wollte fragen, ob es okay ist, wenn wir heute nach der Arbeit Schlitten fahren gehen. Gar nicht weit weg, nur an der Frankenwarte. Ich weiß, das ist sehr spontan, und du wolltest eigentlich kochen, aber der Schnee ist unglaublich!«

Ich musste lächeln, weil ihre Begeisterung über den Wintereinbruch wie eine Badekugel in heißem Wasser sprudelte und automatisch auf mich überschwappte. Trotzdem zögerte ich. Den Berg an der Frankenwarte auf einem Schlitten runterzufahren war nicht das Problem, ihn hinaufzukommen schon. Aber dann dachte ich an Sophies Worte: *Für jemanden, der so erbittert darum kämpft, endlich wieder mit beiden Beinen im Leben zu stehen, liegst du ausgesprochen gern auf diesem Scheißsofa.*

»Das klingt großartig. Wann wollen wir uns treffen?«

Jetzt war es Sophie, die zögerte. »Mit wir meinte ich eigentlich Rebekka und mich. Ich wollte nur erst hören, wie es dir geht.«

»Wie schon gesagt, mir geht's gut«, erwiderte ich ein bisschen zu schnell und ein bisschen zu heftig. Keine Ahnung, was schlimmer war: dass sie von vornherein spaßige Unternehmungen wie Schlittenpartien mit anderen plante oder dass sie darauf meinetwegen verzichten würde. »Ehrlicherweise bin ich hier ohnehin gerade ziemlich beschäftigt.« Ich strich die Seiten meines Buches glatt, von denen ich noch nicht mal einen Satz gelesen hatte. »Brauchst du einen Schlitten? Bei meinen Eltern im Keller stehen zwei aus Holz und Lars' Snow Fox-Lenkschlitten. Die kannst du dir bestimmt ausleihen.«

»Nicht nötig, Rebekka hat einen Schlitten.«

»Überleg es dir, der Snow Fox ist wirklich verdammt schnell.«

»Ich glaube, mir reicht die gute alte Holzvariante völlig«, erwiderte Sophie vergnügt. »Vielleicht gehen wir danach noch im *Nikolaushof* was essen, es kann also spät werden.«

»Klar, kein Problem. Viel Spaß.«

»Den werden wir haben!« Sie schickte einen Kuss durchs Telefon und legte auf. Die darauffolgende Stille wummerte in meinem Kopf in einem neuen Takt, der nichts mit dem Punsch zu tun hatte.

Eigentlich sollte ich erleichtert sein. Das ständige Berghochsteigen hätte ich nicht gepackt und wenn doch, mit zusammengebissenen Zähnen und zwei Ibuprofen, hätte ich es spätestens am nächsten Tag bitter bereut. So waren alle zufrieden, eine klassische Win-win-Situation. Ich konnte zu Hause bleiben und mit Auberginenauflauf meinen Kater auf dem Sofa auskurieren, bevor ich am Abend in den Club musste, während Sophie auf Windböen ritt. Dafür war sie gemacht. Fürs Schlittenfahren, Im-Club-Tanzen und Inselhopping in Thailand. Wenigstens das musste ich irgendwie schaffen. Notfalls mit Ibuprofen und zusammengebissenen Zähnen. Wie sagte Basti immer, wenn er vor Herausforderungen stand: *Ich krieg das hin.*

Dieses Mal war es mir fast ein bisschen unheimlich, dass sein Name in dem Moment auf meinem Handydisplay auftauchte, als ich an ihn dachte. Fast wie in einem Stephen King-Thriller.

»Alter! Siehst du das? Siehst! Du! Das!« Im Gegensatz zu Sophie glich Bastis Begeisterung nicht einer prickelnden Badekugel, sondern explodierte wie eine ungesicherte Ladung TNT. »So viel Schnee gibt es nicht mal in scheiß Alaska!«

Ich hielt das Telefon eine halbe Armlänge von meinem Ohr entfernt, weil er wie ein Irrer brüllte. »Ich dämpfe deine Begeisterung wirklich nur ungern, aber erst kürzlich stand in einem Artikel, dass sich die Schneemenge in Alaska durch den Klimawandel sogar verdoppelt hat.«

Aber Bastis Hochstimmung ließ sich nicht durch schnöde Fakten dämpfen. »Wen interessiert bitte bei diesem Prachtwetter der Klimawandel? Ich schnappe mir jetzt mein Snowboard, bist du dabei?«

»Snowboarden, Basti?«, fragte ich leise. Schlimm genug, dass er den Klimawandel ignorierte.

»Klar, Mann! Wir sind ewig nicht zusammen gefahren.«

»Ja. Aus Gründen.« In einem spontanen Anflug von Frust fegte ich die sorgfältig ausgerichteten Filzbäume vom Tisch. Sie fielen unspektakulär, nur bei einem versagte der Kleber, und er löste sich von der Holzscheibe.

»Scheiße«, sagte Basti zerknirscht, dem die Gründe nun wieder einfielen. »Blöde Idee. Aber hey, du kennst mich. Sobald ich Schnee sehe, bin ich plötzlich wieder acht.«

Im Alter von acht Jahren hatte er mitten in der Nacht Schneebälle gegen mein Fenster geworfen. Nur im Schlafanzug und mit Mütze auf dem Kopf hatte er mich zu einer Schneeballschlacht herausgefordert. Zu dieser Zeit waren wir nicht nur beste Freunde, sondern standen im permanenten Kräftemessen miteinander. Selbstverständlich hatte ich die Herausforderung angenommen. Das Schneeballduell war so lange gegangen, bis meine Eltern vom Kampfgebrüll aufgewacht waren. Der Garten hatte ausgesehen, als wäre eine Horde Wildschweine hindurchgaloppiert, und zwei Tage später mussten wir mit einer fetten Erkältung die Betten hüten. Im Gegensatz zu mir war Basti nie über die Reife des Achtjährigen hinausgekommen.

»Schon okay.« Ich bückte mich, um die Bäume wieder aufzuheben. Sie trugen ebenso wenig Schuld daran, dass ich nicht mehr auf einem Snowboard stehen konnte, wie Basti. »Und du hast ja recht. Der Schnee ist der Wahnsinn. Sophie geht auch mit einer Freundin Schlittenfahren. Vielleicht triffst du sie ja, sie wollte zur Frankenwarte.«

Aber Basti hatte schon den nächsten Einfall. »Hast du noch die *Winter X Games* für die Playstation?«

»Glaub schon. Warum?« Kaum hatte ich die Frage gestellt, dämmerte mir die Antwort. »Das ist doch Quatsch, Basti. Kein normaler Mensch verzichtet freiwillig auf Snowboarden im Schnee, um auf der Konsole zu fahren.«

»Ich bin kein normaler Mensch.«

»Nicht?«

»Nein, eher was Gottähnliches. Hast du in letzter Zeit mal meinen Trizeps gesehen? Der ist definitiv nicht von dieser Welt. Was meinst du, soll ich Pizza mitbringen? Oder lieber Döner?«

»Ein bodenständiger Gott, der sich von Pizza und Döner ernährt. Das zeugt von Menschennähe.« Aber selbst ein Gott sollte meinetwegen keine Abstriche machen müssen. »Geh ruhig boarden. Ich bin hier ohnehin gerade mit Unikram beschäftigt.«

»Unikram kann warten. Und jetzt mach mal ne Ansage: Döner oder Pizza?« Wenn er sich erst mal in den Kopf gesetzt hatte, gemeinsam meinen Frust auszusitzen, hielt ihn nichts mehr davon ab. Schon gar keine lahme Ausrede. Das musste mit seinem selbst ernannten gottähnlichen Status zusammenhängen.

»Eigentlich sind noch Auberginen da, die wegmüssen …«, fing ich an, aber Basti fiel mir ins Wort.

»Auberginen? Bedeutet es, das, was ich denke, das es bedeutet?« Er war quasi in meinem Elternhaus aufgewachsen und kannte alle Lindner'schen Lieblingsrezepte in- und auswendig.

»Parmigiana di Melanzane«, bestätigte ich seine Vermutung und freundete mich zusehends mit der Idee an, den Abend mit Basti und der Playstation zu verbringen. »Sagen wir in einer Stunde?«

Am anderen Ende der Ladung detonierte erneut eine Ladung TNT. »Alter, du bist der Beste! Bin schon unterwegs!«

Er legte auf, bevor ich ihn darauf hinweisen konnte, dass er wie schon in Bezug auf die Schneemenge in Alaska völlig danebenlag. Denn dieser Superlativ gebührte nicht mir, sondern ihm.

Kapitel 15 Lea

Freitag, 15. Dezember

Wenn er wenigstens meckern würde. Sich beklagen, wie wenig Lust er auf diese Sache hier hatte und dass ich seine Zeit verschwendete. Aber er trottete wortlos hinter mir den rutschigen Trampelpfad entlang und warf mir finstere Blicke zu, wenn ich mich umdrehte, um ihn auf einen besonders hübschen Baum aufmerksam zu machen. Mir fiel auf, dass er behutsam einen Fuß vor den anderen setzte. Vielleicht um nicht auszurutschen. Vielleicht aber auch, weil er Schmerzen hatte. Ich verkniff mir einen besorgten Kommentar und konzentrierte mich auf die Weihnachtsbaumkulturen, die vor uns lagen. Zu meinem großen Bedauern war der Schnee der vergangenen Woche fast vollständig weggetaut, nur noch vereinzelt leuchteten schmutzigweiße Häufchen unter den Tannenzweigen. Wie jedes Jahr gab ich, die Hoffnung auf weiße Weihnachten nicht auf.

»Was meinst du, wollen wir uns die da vorne mal aus der Nähe anschauen?« Ich deutete auf eine stattliche Tanne, Nobilis, wie ich vermutete, deren ausladender Wuchs die anderen Bäume auf Abstand hielt wie eine Königin ihr Gefolge.

Elias zuckte gleichgültig mit den Schultern. Ich wartete, bis er zu mir aufgeschlossen hatte, und hakte mich bei ihm unter.

»Schön, dass wir das zusammen machen.«

»Ja«, brummte er, »weil du mich gezwungen hast.«

»Freundlich überredet«, korrigierte ich.

In Wahrheit hatte ich so lange am Telefon auf ihn eingeredet, bis er entnervt zugestimmt hatte, mich zu begleiten und beim Baumsägen zu helfen. Natürlich hätte ich allein nach Lindelbach fahren oder im Baumarkt eine Tanne besorgen können. Aber es ging mir gar nicht um den Baum. Noch immer nahm er mir die Entführung seines Handys übel. Die letzten Begegnungen – erst das Essen im *Fontana*, dann das übliche Sonntagsessen bei uns zu Hause – waren unerfreulich verlaufen. Mein Harmoniebedürfnis litt seit Tagen Höllenqualen. Viel zu oft prallten seine Sturheit und meine Sorge wie überambitionierte Rugbyspieler aufeinander. Nicht selten erlitten wir Verletzungen, das Ego bekam blaue Flecken und die Seele blutige Kratzer. Ein gemeinsamer Ausflug schien mir die passende Gelegenheit, uns von den letzten Zusammenstößen zu erholen. Ich wollte meinen Fehler wiedergutmachen und ihn an Zeiten erinnern, in denen Harmonie kein unerreichbares Ideal, sondern fester Bestandteil unseres Familienlebens gewesen war.

»Weißt du noch, wie viel Spaß wir hier immer hatten?«, plauderte ich los und versuchte, ihn mit in meine Erinnerungen zu nehmen. »Du und Lars konntet es kaum erwarten, einen Baum auszusuchen. Wie die Wiesel seid ihr die Reihen entlanggeflitzt und habt zur Probe Strohsterne an die Zweige gehängt, um zu sehen, an welchem sie am schönsten aussehen.«

»Ich erinnere mich vor allem daran, wie spaßig es war, als Papa Lars die Säge überlassen und der sich in den Oberschenkel gesägt hat.«

Ich lächelte seinen Sarkasmus einfach weg, so wie ich besagten Zwischenfall längst verdrängt hatte, der – abgesehen von dem ganzen Blut und einem halben Dutzend Stichen, mit denen Lars genäht werden musste – glimpflich verlaufen war. Wenn ich an unsere Lindelbach-Ausflüge zurückdachte, dann sah ich einen großen Bruder, der den kleinen beim Fangenspielen zwischen den Bäumen gewinnen ließ. Ich sah meine drei Männer den gefällten Baum mit Stolz zum Auto tragen, als hätten sie gemeinsam einen Bären mit bloßen Händen erlegt. Ich sah sie zufrieden von ihren Bratwurstbrötchen beißen, die Victor nach der erfolgreichen Jagd spendierte. Erinnerungen wie diese hortete ich zu Tausenden. Ein Mosaik aus bunten Glasscherben meines Glücks. Sanft drückte ich Elias' Arm. »Du siehst immer nur das Schlechte.«

»Und du nur das Gute.«

Ich veratmete das Bedürfnis, eine Grundsatzdiskussion über die Vorzüge eines gesunden Optimismus zu beginnen, und zog mit den Zähnen den Fäustling von der Hand. Wir hatten die Tanne erreicht, und ich ließ entzückt die Finger über die Äste gleiten. »Ist die nicht traumhaft?«

»Sie ist vor allem riesig.« Sein Arm schlüpfte aus meinem und streckte sich prüfend Richtung Tannenspitze. Der Baum ragte weit über seine Fingerspitzen hinaus. »Bis zu meinem Mittelfinger sind es ungefähr zwei Meter sechzig, bis zur Spitze bestimmt noch mal eineinhalb. Das Ding ist über vier Meter groß.«

»Vielleicht kann man sie ein wenig zurechtstutzen.« Ich drehte eine Runde um den perfekt gewachsenen Baum, der auch dann noch vollkommen war, wenn man die untersten Äste absägte.

»Ein wenig zurechtstutzen«, wiederholte Elias kopfschüttelnd. »Du meinst wohl verstümmeln.« Er warf mir einen fragenden Blick zu, ob es bei meiner Wahl blieb, und als ich nickte, setzte er die Säge an und fand schnell einen Rhythmus. Die Zacken gruben sich in die Rinde und parfümierten die Luft mit dem Duft frisch geschlagenen Holzes.

»Wie läuft es in deinem neuen …«, ich räusperte mich, um nicht allzu wertend zu klingen, »Job.« Mein Sohn als Türsteher. An diesen Gedanken musste ich mich erst gewöhnen.

»Gut.«

Niemals hätte er zugegeben, wenn das Gegenteil der Fall wäre. Ich versuchte es mit einer anderen, weniger konfliktbelasteten Frage. »Und in der Uni? Kommst du zurecht?«

»Alles bestens.«

Seufzend schlüpfte ich zurück in meinen Handschuh. »Es ist wie immer ein helles Vergnügen, mit dir zu plaudern. Ich kann deinen ausführlichen Schachtelsätzen kaum folgen.«

Das Ratschen der Säge verstummte, und Elias richtete sich auf. »Soll ich jetzt den verdammten Baum sägen oder mich mit dir unterhalten?«

»Manchen Menschen gelingt beides gleichzeitig«, konterte ich, aber er verdrehte nur die Augen und setzte die gezackte Klinge wieder in die flache Kerbe im Stamm. Bald zuckerte eine feine Schicht heller Holzspäne den Boden. Der Duft war betörend, und ich inhalierte viel davon, um ruhig zu bleiben. Nur keine Diskussion provozieren. Schon gar nicht, wenn mein Sohn mit einer Säge bewaffnet war.

Er mühte sich, den Stamm zu bezwingen, schnaufte und schwitzte, zog sogar seine Jacke aus und warf sie zu Boden. Gerade noch rechtzeitig biss ich mir auf die Zunge, bevor mir herausrutschte, dass er sich sicher eine Erkältung einfangen würde. *Keine bevormundenden Ratschläge.* Ich hob die Jacke auf und klopfte die Holzspäne ab.

Elias hatte ungefähr die Hälfte geschafft, als er die Säge sinken ließ und sich aufrichtete. Testweise drückte er gegen den Stamm, um zu sehen, ob der Baum schon nachgab.

»Ich glaube, du musst noch ein bisschen«, sagte ich freundlich und erntete einen gereizten Blick.

»Das sehe ich selbst.«

»Soll ich übernehmen?«

»Nein.« Da war sie wieder, seine Sturheit.

»Komm schon, lass mich mal.« Ich streckte mich nach der Säge, aber da rammte Elias schon wieder verbissen die Klinge ins Holz. *Bloß keine übergriffigen Hilfsangebote!* Es war Zeit für einen Themenwechsel und ein neues Glas in meinem Mosaik.

Was eignete sich dafür besser als das bevorstehende Weihnachtsfest?

»Übrigens, Papa und Lars plädieren dieses Jahr an Heiligabend für Fondue. Ich weiß nicht so recht, was ich davon halten soll.« Mir graute davor, Hunderte von Sößchen und Salaten vorzubereiten. Noch mehr aber graute mir davor, dass Victor und Lars das übernahmen und die Küche in ein Schlachtfeld verwandelten. »Mit Selleriesuppe und Kartoffelgratin sind wir doch immer recht gut gefahren. Das mögen alle, und der Aufwand ist gering. Was meinst du?«

Wenn es ums Essen ging, waren wir meistens einer Meinung. Aber Elias zögerte.

»Ich bin nicht da.« Er stützte sich auf die Oberschenkel und stieß helle Atemwolken aus, die über die weichen Tannenzweige waberten.

Mir war nicht ganz klar, was das bedeuten sollte. Weihnachten galt gemeinhin als Familienfest, weil man es mit seiner Familie verbrachte. Bis zum viel zu frühen Tod meiner Eltern hatte ich ausnahmslos jeden Heiligabend bei ihnen gefeiert – mit Karpfen blau, Kartoffelsalat und dem 1000-Teile-Puzzle *Winter am Eckernförder Hafen,* das nur einmal im Jahr aus dem Schrank geholt worden war. Auch diese Idylle ein kostbares Mosaik. Meine Jungs konnten sich das ganze Jahr herumtreiben, wo sie wollten, aber an Heiligabend hatte ich sie gern nahe bei mir. Elias jedoch wollte etwas anderes, und er wollte es mit einer Dringlichkeit, die keinen Zweifel daran ließ, wie wichtig ihm der Wunsch nach eigenen Mosaiksteinchen war.

»Sophie und ich wollen Heiligabend unter uns sein. Ganz ruhig und gemütlich zu Hause.«

Mein erster Reflex war, ihm klipp und klar zu sagen, dass das überhaupt nicht infrage kam. Schluss, aus, Ende der Diskussion. Zwei Atemzüge später aber erkannte ich, welche Chance sich mir bot, wenn ich jetzt meine eigenen Befindlichkeiten zurückstellte. Nur was man losließ, konnte wiederkommen. Was man zu fest hielt, zerbrach. Angestrengt lächelte ich den Gedanken an ein Weihnachten mit nur einem meiner Söhne weg und sagte so ruhig wie möglich: »Natürlich, das verstehe ich.«

»Wirklich?« Er warf mir einen Blick zu, in dem Misstrauen und Erstaunen nicht so recht wussten, wer die Oberhand behalten sollte.

»Selbstverständlich. Schließlich bin ich keine Glucke. Du bist erwachsen und hast dein eigenes Leben. Ich respektiere das.«

Elias lächelte, halb erleichtert, halb belustigt. »Du hast das Gluckending erfunden, Mama. Sogar vor meinem Handy glaubst du, mich beschützen zu müssen.«

Weil beides irgendwie stimmte, nickte ich, und Elias sagte leise: »Danke, dass du nicht sauer bist.«

Ich winkte ab, als wäre mir überhaupt nicht in den Sinn gekommen, sauer zu sein. Dabei spürte ich sehr wohl etwas Saures in mir aufsteigen, das mich an das heftige Sodbrennen während der Schwangerschaften erinnerte. Mir war nicht bewusst, dass man sich als Mutter zwei Mal damit herumquälen musste – wenn das Kind im Bauch heranwuchs und mit kleinen Füßen gegen den Magen trat und dann wieder, wenn es erwachsen war und mit großen Füßen eigene Wege beschritt. Im Vergleich schien mir Ersteres leichter zu ertragen, hatte man doch die gemeinsame Zeit mit dem Kind noch vor sich.

Ich schluckte hinunter, was in meiner Kehle brannte, und beobachtete verstohlen meinen Sohn, der sich wieder der Tanne zuwandte. Unter großer Anstrengung fällte er den perfekten Baum für ein Weihnachten, von dem ich jetzt schon wusste, dass es nicht perfekt werden würde.

Kapitel 16 Tilda

Freitag, 15. Dezember

Wenn er wenigstens meckern würde. Sich beklagen, wie wenig Lust er auf diese Sache hier hatte und dass ich seine Zeit verschwendete. Aber er trottete wortlos hinter mir den rutschigen Trampelpfad entlang und warf mir finstere Blicke zu, wenn ich mich umdrehte, um ihn auf einen besonders hübschen Baum aufmerksam zu machen. Mir fiel auf, dass er behutsam einen Fuß vor den anderen setzte. Vielleicht um nicht auszurutschen. Vielleicht aber auch, weil er Schmerzen hatte. Ich konnte mir einen besorgten Kommentar nicht verkneifen.

»Ist alles in Ordnung? Du läufst so seltsam.«

»Kein Wunder, mein eingewachsener Zehennagel ist wieder entzündet.« Jakobs Brummen klang vorwurfsvoll, als wäre ich für die Entzündung verantwortlich.

»Seit wann?«

»Seit ich Walnüsse in meinen Schuhen hatte.«

Verdammt. Ich *war* verantwortlich. »Tut mir leid.«

Er nuschelte Unverständliches in seinen Schal, den er in engen Spiralen um den Hals gewickelt trug. Ich hoffte auf etwas wie *Schon in Ordnung, du hast es ja nur gut gemeint,* aber es war wohl eher so etwas wie *Kannst du dich endlich für einen*

Baum entscheiden, damit wir wieder nach Hause fahren können. So ganz verstand ich immer noch nicht, wieso wir hier waren. Jakob pflegte sonst kurz vor knapp die hässlichen Ladenhüter zu kaufen, die vor dem Supermarkt zum halben Preis verschleudert wurden. Aber als ich heute nach der Schule bei Hildchen vorbeigeschaut hatte, um mich endlich für die Heinerle zu bedanken, war Jakob gerade von einer Vorlesung zurückgekommen.

»Gut, dass du da bist«, hatte er mich begrüßt und Hildchen einen verstohlenen Blick zugeworfen, den sie mit aufmunterndem Nicken erwiderte. »Hast du heute noch Pläne?«

»Nein«, hatte ich vorsichtig geantwortet, aus Sorge, das könnte eine Fangfrage sein. Üblicherweise waren ihm meine Pläne egal. Vermutlich, weil ich ohnehin nie welche hatte.

»Hausaufgaben?«

»Sind erledigt.« Im Fahrradkeller, wie immer. Und Simons gleich dazu. Einen Tag hatte ich wegen der unbeantworteten WhatsApp geschmollt. Er hatte kein Wort darüber verloren, und vielleicht war das besser so.

»Gut. Wir treffen uns zu Hause.«

»Was dein Vater sagen will …« Hildchen hatte sich Jakobs hilfloses Gestammel nicht länger anhören können. »Ihr fahrt heute nach Lindelbach einen Weihnachtsbaum holen. Eine hübsche Idee, findest du nicht?«

Ich hatte genickt, war aber den Verdacht nicht losgeworden, dass diese wirklich hübsche Idee nicht von meinem Vater stammte. Hildchen hatte mich mit Eiskonfekt aus ihrer Schublade versorgt, bevor ich nach Hause geradelt war und über Jakobs ungewöhnliches Verhalten nachgegrübelt hatte. Ob es mit den Reifen zu tun hatte? Er hatte die Schlitze gesehen, und man musste kein Forensiker sein, um zu kombinieren, dass diese nicht von Scherben stammten.

Ich zeigte auf einen kleinen pyramidenförmigen Baum, der mehr dichte Ringe zur Schau stellte als alle Weihnachtsbäume der letzten Jahre zusammen. »Wie gefällt dir der da vorne?«

Jakobs Blick folgte meinem ausgestreckten Finger, und er nickte erleichtert. Der kleine Baum würde nicht nur sein Portemonnaie schonen, sondern auch leicht zu fällen sein. Im Gegensatz zu den anderen Tannen ringsherum war der Stamm fast filigran. Unbeholfen setzte mein Vater die Säge an, die wir am Eingang bekommen hatten. Ohne auch nur den kleinsten Kratzer zu hinterlassen, rutschte das Werkzeug in schwachen Zügen über die Rinde. Nach zehn Sekunden war Jakob hochrot im Gesicht, Schweiß schimmerte auf seiner Stirn. »Das ist anstrengender, als ich dachte.«

Ihm fehlten Kraft und Ausdauer, weil er immer nur den Kopf, nie aber seinen Körper ertüchtigte. Ich konnte den jämmerlichen Anblick kaum ertragen. Schlimm genug, dass ich Schuld am Wiederaufflammen des eingewachsenen Zehennagels hatte, wollte ich nicht noch tatenlos danebenstehen, wenn er beim Baumfällen einen Herzinfarkt erlitt oder sich gar ernsthaft an seinem Werkzeug verletzte.

»Lass mich das machen, ja?« Ich griff nach der Säge, die er mir widerstandslos überließ, ehe er sich erleichtert mit dem Ende des Schals über die glänzende Stirn wischte.

»Sobald ich kurz durchgeschnauft habe, übernehme ich wieder.«

»Klar.« Ich setzte das Sägeblatt an der Stelle an, wo Jakob den Stamm gestreichelt hatte. Mit rhythmischem Ratschen fraß sich das Metall durchs Holz. Es dauerte nicht lange, da kippte das Bäumchen in ein Polster frischer Sägespäne auf dem Boden.

»Oh«, sagte Jakob verblüfft. »Das ging schnell. Allerdings habe ich auch gute Vorarbeit geleistet.«

Ich verkniff mir einen Kommentar, packte den Stamm und stellte ihn auf. Eine Handvoll Schnee, die im Schatten der untersten Zweige überdauert hatte, rieselte auf die Erde.

»Das ist mein liebstes Weihnachtslied«, flüsterte ich und reichte meinem Vater die Säge, um den Baum zu tragen. »*Leise rieselt der Schnee.*«

Zu meiner Überraschung reagierte er auf mein Flüstern, aber was er sagte, erstaunte mich nicht.

»Ich finde sie alle grässlich.«

Auf dem Rückweg stapfte er voraus, noch immer bedächtigen Schrittes, aber sichtbar erleichtert, einen Haken hinter den Programmpunkt Weihnachtsbaum machen können. Allerdings wurde seine Stimmung dramatisch gedämpft, als er sah, dass die Frau, die vor uns ihren Baum bezahlte, hundertsechzig Euro für ihre Tanne hinblättern musste. Das Ding war sicher fast vier Meter lang. Mit zitternden Händen umklammerte Jakob sein Portemonnaie, als fürchtete er sich davor, gleich ausgeraubt zu werden. Wieder fragte ich mich, warum zum Teufel wir überhaupt hier waren, wo sich doch alles in ihm gegen diese Aktion sträubte.

Der Baum wurde vermessen und durch die Netzkanone geschoben. Jakob kam im Vergleich zur Kundin vor uns günstig davon und half mir, den Winzling zum Auto zu tragen. Fast traten wir uns dabei gegenseitig auf die Füße. Wie zu erwarten, passte der Baum ohne Probleme in den Kofferraum.

»Ab nach Hause!«, frohlockte Jakob, und es war bezeichnend, dass er ausgerechnet dann lächelte, als sich unser kleiner Ausflug dem Ende zuneigte. Im Wagen stellte er die Heizung auf die höchste Stufe, und ich lehnte die Stirn an die kalte Scheibe. Mein Blick fiel auf das tischtennisplattengroße Banner, das in der Zufahrt gespannt war.

Bäume aus eigenem Anbau zum Selberschlagen.
Das Weihnachtsevent für die ganze Familie!

Ich fragte mich, wie sich eine *ganze* Familie wohl anfühlen mochte. Auf jeden Fall gehörte eine Mutter dazu, egal, was Simon behauptete. Seine Mutter verfiel vor Weihnachten regelmäßig in bedenkliche Hysterie und saugte wie im Wahn Teppiche, wusch Vorhänge und reinigte Polster, als hinge das Gelingen des Weihnachtsfestes von keimfreier Sauberkeit ab.

»Das ist nicht besinnlich, sondern bescheuert«, pflegte er zu sagen. »Sei froh, dass du keine Mutter hast, die dir auf die Nerven geht.«

Aber ich war nicht froh, sondern wünschte mir heimlich, dass meine Mutter die verstaubten Vorhänge von der Stange nehmen, den Polstern eine Tiefenreinigung gönnen und ein bisschen festlichen Glanz in unser Zuhause bringen würde. Ich wünschte, sie würde *Pepparkakor* und *Lussekatter* backen und mir beibringen, wie man aus Stroh einen *Julbock* bastelte. Ich wünschte, sie würde mich am 13. Dezember mit den Worten *God morgon, min lilla Lucia* wecken und schon Tage vor dem Fest das *Julbord* vorbereiten, unzählige verschiedene Köstlichkeiten wie Fleischbällchen, Stockfisch und Kartoffelauflauf, von denen man noch lange nach Heiligabend aß.

Mein Magen knurrte, wenn ich an Essen dachte, und mein Herz stimmte mit ein, wie immer, wenn ich meine Mutter vermisste. Zumindest einen Hunger würde ich stillen können. Mit einem kleinen *Julbord* an Heiligabend vielleicht sogar beide.

»Hast du dir schon Gedanken über das Weihnachtsessen gemacht?«, fragte ich beiläufig, und die Scheibe beschlug von meinem Atem. Ich malte krakelige Sterne darauf, die schnell verdunsteten. »Wenn du willst, kann ich mich darum kümmern. Dann hast du weniger Arbeit.« Doch mein Angebot kam zu spät.

»Das ist schon alles geregelt. Heinrichs Schwager ist Jäger und hat ihm einen Hirsch versprochen. Wir bekommen ein Stück aus der Oberschale.«

»Wie großzügig von ihm.« Wahrhaft großzügig wäre, uns zum Weihnachtsessen einzuladen, damit wir uns nicht nur mit der Gesellschaft eines toten Hirschs begnügen müssten.

»Allerdings.« Jakob nickte und schaltete zu früh in den niedrigeren Gang. »Ich weiß auch schon, was ich mit dem Hirsch anstelle.«

Der Wagen ruckelte, und mein Kopf schlug gegen die Scheibe. *Ihm einen Anzug anziehen, eine Fliege umbinden und zu uns an den Tisch setzen, damit er uns Anekdoten aus seinem wilden Leben erzählt, das jäh mit einer Kugel im Herzen endete?*

»Ich werde ihn zwei Tage in guten Rotwein und ordentlich Wurzelgemüse einlegen. Kurz angebraten und anschließend bei niedriger Temperatur geschmort, wird das Fleisch zart wie Butter. Mir läuft jetzt schon das Wasser im Mund zusammen.« Es gab wenig, das meinen Vater so begeisterte wie Rotwein und gutes Essen. Idealerweise in Rotwein gekochtes Essen.

»Hirsch also«, murmelte ich enttäuscht und dachte an den entfernten Verwandten unseres Weihnachtsmahls, der im Norden Europas durch die Wälder streifte. In Schweden galt Elchfleisch als Spezialität, wurde zu Schinken, Salami und Grillwürsten verarbeitet. Vielleicht konnte ich mir einreden, einen Elch statt eines Hirschs zu essen.

»Wenn ich mit dem Burschen fertig bin, wird er dir schon schmecken. Du wirst sehen, der Braten wird wunderbar.«

Vermutlich das einzige Wunderbare an Heiligabend. Ich nickte und malte ein Etwas mit vier Beinen und üppigem Geweih auf die Scheibe. Betrübt sah ich zu, wie es viel zu schnell verblasste. Draußen fing es an zu regnen.

Kapitel 17 Victor

Freitag, 15. Dezember

Schon beim Aufschließen der Haustür hörte ich ihn fluchen. Er fluchte wirklich viel. »Der verfickte Scheißständer wackelt!«

»Du musst das Gewinde festziehen.«

»Was glaubst du, was ich gerade versuche?«

Ich legte den nassen Mantel ab. Ein paar Grad weniger und es würde wieder schneien. So aber verwandelte der Regen den verbliebenen Schnee an den Straßenrändern in unansehnlichen Matsch.

Meine Familie bemerkte mich nicht, als ich um die Ecke ins Wohnzimmer lugte, wo die Jungs gerade dabei waren, ein Tannenungetüm aufzurichten. Die Spitze des Baums kratzte lautstark an der Decke.

»Das Ding ist zu groß«, stöhnte Lars, und Elias bedachte seine Mutter mit einem triumphierenden Blick.

»Ist ja nicht so, dass ich das nicht von Anfang an gesagt hätte.«

Aber Lea zuckte unbeeindruckt mit den Schultern. Von Jahr zu Jahr wurden die Weihnachtsbäume riesiger. Parallel dazu wuchs unser Bestand an Lichterketten. Ohne Probleme konnte man damit ganze Straßenzüge der Würzburger Innenstadt ausleuchten. Obwohl die Entwicklung in Sachen Baumgröße und Lichterketten bedenkliche Züge annahm, intervenierte ich nicht. Lea brauchte das. Dieses Viel von allem. Behütet aufgewachsen, die Eltern früh verloren, setzte sie alles daran, für ihre eigene Familie ein Maximum an Geborgenheit zu schaffen. Dass sie die Grenzen des Maximalen dabei immer weiter ausreizte und verschob, nahm ich ihr zuliebe stillschweigend hin. Im Gegensatz zu Elias. Der nahm selten etwas stillschweigend hin, meckerte aber jetzt anstelle seiner Mutter den Baum an.

»Du verdammter Mistkerl. Noch mal schleppe ich dich nicht in den Garten, um ein Stück abzusägen.«

»Aber so können wir ihn nicht aufstellen«, gab Lars zu bedenken.

»Dann muss ich eben die Spitze abschneiden.«

»Die Spitze?«, rief Lea entsetzt.

»Die Spitze«, bestätigte Elias, griff zur Astschere, die für kleinere Korrekturen schon auf dem Boden bereitlag, und zog einen Stuhl heran. Noch bevor er umständlich seinen Fuß darauf setzen konnte, fuhr Lea dazwischen: »Nicht auf den Stuhl steigen! Lars macht das!«

Innerlich seufzend wusste ich, was nun kommen würde, und mein Ältester enttäuschte mich nicht.

»Natürlich macht Lars das«, knurrte er mit beängstigend ruhiger Stimme, packte die Lehne und knallte seinem Bruder den Stuhl vor die Füße. Die Schere warf er hinterher.

»Gott, Elias, sei doch nicht so empfindlich. Ich will nur nicht, dass du fällst.« Lea stellte den Stuhl auf und löste Lars ab, der bislang den Baum festgehalten hatte. Er nahm die Astschere und stieg leichtfüßig auf den Stuhl. Mit unaufgeregtem Klacken kappte er die Spitze. Der Baum glitt unter die Decke. Die fehlende Spitze fiel überhaupt nicht auf.

»Ein Prachtstück!« Lea strahlte.

»Allerdings«, stimmte ich zu und trat ein.

»Victor! Was machst du denn schon hier?« Meine Frau strahlte weiter, aber diesmal galt ihr Lächeln ausschließlich mir, und sie unterbrach es nur für einen innigen Begrüßungskuss. Dann führte sie mich zur Tanne, als wollte sie uns einander vorstellen. »Ist sie nicht wunderschön? Ich glaube, das ist der schönste Baum, den wir je hatten.«

»Den Satz höre ich jedes Jahr.« Elias warf sich mit verschränkten Armen auf seinen geliebten Sitzsack. Ich hatte mich gewundert, dass er das Ding beim Auszug nicht mitgenommen hatte.

»Weil ich mich nun mal selbst jedes Jahr aufs Neue bei der Auswahl übertrumpfe!«, konterte Lea.

Bevor das Wortgefecht weiterging, warf ich mich dazwischen. »Hört mal zu, ich hab eine Ankündigung zu machen. Eine kleine Überraschung!« In einer kunstvollen Pause wartete ich auf neugieriges Staunen oder zumindest müdes Interesse, aber beides blieb aus. Meine Frau himmelte erneut den Baum an, Lars versuchte, mit der Gartenschere seine Fingernägel zu schneiden, und Elias hockte mit finsterer Miene hinter der Trutzburg seiner verschränkten Arme. Schnell ließ ich meine Neuigkeiten formal in eine höhere Liga aufsteigen. »Im Grunde ist es sogar eine ziemlich große Überraschung.«

»Ach ja?« Immerhin Lea hörte mit halbem Ohr zu, wenngleich ihr Blick noch immer in die tiefgrünen Zweige versunken war. Ob es sich schickte, auf eine Pflanze eifersüchtig zu sein? Ich nahm Lars die Gartenschere ab, bevor eines seiner Fingerglieder zwischen die Schneideblätter geriet, und verschaffte der Überraschung eine weitere außertarifliche Höhergruppierung. »Na gut, ich gebe es zu, sie ist gigantisch.«

Mit *gigantisch* hatte ich die volle Aufmerksamkeit, und drei Augenpaare starrten mich verblüfft an, weil ich von derartigen Übertreibungen sonst eher spärlich Gebrauch machte. Ich überlegte kurz, rhetorisch etwas zurückzurudern, um die Erwartungshaltung zu senken, aber dafür war es zu spät. Gigantisch wäre es gewesen, wenn ich das Hotel gleich gekauft und nicht nur einen Winterurlaub gebucht hätte. Ich hoffte, die Freude fiel trotzdem gigantisch aus. Mit den Zeigefingern hämmerte ich einen lautlosen Trommelwirbel in die Luft. »Liebe Familie, wir fahren über die Feiertage zum Skifahren nach Österreich! Was sagt ihr?«

Zunächst sagte keiner etwas. Die Überraschung brauchte wohl einen Augenblick, um sich zu setzen. Die Idee zur Reise war mir gekommen, als Lea und Elias beim letzten Sonntagsessen wieder aneinandergerasselt waren. Ein gemeinsamer Urlaub schien mir ideal, um die verhärteten Fronten etwas aufzuweichen. Außerdem hatte die Zeit, die hinter uns lag, Spuren hinterlassen. Tiefe Gräben kummervollen Bangens, herber Rückschläge und aufgestauten Frusts. Vieles war geheilt, manches aber blieb zerrüttet, so wie die einst innige Beziehung zwischen Elias und Lea. Sie tat sich so schwer damit, zu akzeptieren, dass ihr Sohn wieder einigermaßen hergestellt und zudem erwachsen genug war, um nicht mehr ständig auf sie angewiesen zu sein. Eine Reise würde uns allen guttun, da war ich mir sicher. Mit dem größten Vergnügen fasste ich die wichtigsten Fakten zusammen. »Zwei Doppelzimmer in einem Fünfsternehotel in Kitzbühel, Skipässe inklusive. Wir fahren am dreiundzwanzigsten Dezember und sind am Dreikönigstag wieder zurück.«

»Das ist nicht dein Ernst.« Lea wehrte die Fakten mit ausgestreckten Händen ab, als würden sie Leib und Leben bedrohen.

Ich wusste, dass Feingefühl nötig war, um Lea sanft aus dem Korsett der Traditionen zu heben, die wir pflegten, seit wir zusammen eine Familie gegründet hatten: Selleriesuppe und Kartoffelauflauf, Bescherung unter dem monströsen Baum und Lichterketten überall.

»Ich weiß, was du denkst, Liebling.« Behutsam nahm ich ihre erhobenen Hände in meine. »Aber hör mir zu: Dieses Jahr können wir endlich wieder durchatmen. Ohne Krankenhaus, ohne Reha. Ich weiß, du willst alles perfekt haben, aber genau diesen Druck will ich dir mit der Reise nehmen. Lass uns nach Österreich fahren und die gemeinsame Zeit dort genießen.«

Lea wandte den Blick ab. »Ich weiß nicht, von welchem Druck du sprichst.«

Und ob sie das wusste. Mit einer Handvoll vielversprechender Details versuchte ich, ihr den Urlaub schmackhaft zu machen, und klang wie ein Reisekatalog. »Wir reden hier von einem Fünfsternehotel im besten Skigebiet Österreichs, Liebes. Mit Saunalandschaft und großem Wellnessbereich. Und du wirst es nicht glauben, sie bieten dort sogar Ayurveda-Behandlungen an! Das Haus ist bekannt für seine hochwertige Bio-Küche, an Heiligabend erwartet uns ein Sechs-Gänge-Menü. Dazu eine Fackelwanderung am ersten Feiertag mit Stockbrot am Lagerfeuer und an Silvester ein Feuerwerk.« Ich beugte die Knie, um ihr in die Augen sehen zu können, aber sie wich mir noch immer aus. Mit unseren kostbarsten Erinnerungen aus der Zeit, als die Jungs noch klein waren, versuchte ich, sie aus der Reserve zu locken. »Weißt du noch, wie wir früher immer Stockbrot im Garten gemacht haben?«

Lars kam mir zu Hilfe. »Stockbrot ist geil, Papa. Kann ich meinen Snow Fox mitnehmen?«

Dankbar zwinkerte ich ihm zu. Wenigstens einer, der sich freute. »Kein Problem«, sagte ich, ohne zu wissen, wie der Lenkschlitten zusätzlich zum Gepäck für vier Personen im Auto unterkommen sollte. Aber darüber würde ich mir Gedanken machen, wenn es so weit war. Leider fing Lars vor mir mit dem Sich-Gedanken-Machen an, wenn auch nicht über das Volumen des Kofferraums. Ich witterte Bedenken.

»Was wird aus meinem Training, während wir weg sind?«

Zum Glück hatte ich diesen Aspekt bei der Buchung berücksichtigt. »Selbstverständlich verfügt das Hotel über ein Hallenbad und einen gut ausgestatteten Kraftraum. Du kannst dich auspowern, so viel du willst.«

»Und was soll ich tun?« Elias lehnte sich vor und sah mich herausfordernd an. »Dir und Mama beim Skifahren zuschauen? Oder Lars beim Gewichtestemmen?«

»Du kannst dich endlich mal entspannen.«

»Du meinst, mich zu Tode langweilen.«

»Es gibt dort sehr nette Pferdekutschfahrten«, stotterte ich, aber Elias lachte freudlos auf.

»Ich hasse Pferde. Außerdem hab ich andere Pläne.«

Von diesen Plänen hörte ich zum ersten Mal, aber bevor ich nachfragen konnte, wanderte Leas schmale Hand auf meine Brust.

»Schatz. Die Idee ist nett, kommt aber sehr überraschend. Ich hab doch schon den Baum gekauft.«

»Im Hotel gibt es auch Bäume«, widersprach ich.

Auch Lars' Zweifel nahmen überhand. »Ist das ein Fünfundzwanzig-Meter-Becken? Nicht, dass ich alle paar Züge nur mit der Wende beschäftigt bin.«

»Was ist überhaupt mit der Bescherung?«, insistierte Lea. »Willst du alle Geschenke nach Österreich karren?«

»Für die Jungs wäre es sicher in Ordnung, wenn ...«

»Ich sagte doch schon, ich hab andere Pläne«, wiederholte Elias.

»Ehrlich gesagt, weiß ich nicht, wie mein Trainer zum Skifahren steht«, überlegte Lars laut. »Angenommen ich würde stürzen und mich verletzen, dann könnte ich mir die Meisterschaft abschminken.«

»Ein Bänderriss kann wirklich übel sein«, stimmte Elias düster zu. »Der kann dich deine Karriere kosten. Und im schlimmsten Fall sogar dein Leben.«

»Schon gut, schon gut!«, rief ich mit erhobenen Händen und versuchte, mir die Enttäuschung nicht anmerken zu lassen. Die ersten Einwände meiner Familie, die wie Tennisbälle aus einer Wurfmaschine auf mich zugeflogen kamen, hatte ich noch geschickt parieren können. Aber es waren zu viele. Meine Überraschung endete als beschämender Rohrkrepierer. »Vergessen wir den Urlaub. Ich werde stornieren.«

In dem Moment gab das Gewinde des Baumständers nach, und mit einem Seufzen rauschte die Tanne zu Boden.

Kapitel 18 Tilda

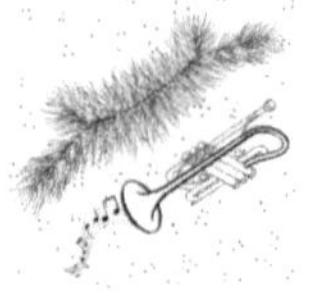

Mittwoch, 20. Dezember

Noch zwei Takte mehr und meine Ohren würden anfangen zu bluten. Von meinem Platz am hinteren Ende der Aula hatte ich das Publikum gut im Blick und sah, dass viele Gäste ähnlich litten wie ich. Immer mehr Finger schoben sich in Gehörgänge, um die Trommelfelle vor dem zu schützen, was die Flötengruppe der 5d ihnen zumutete. Die Klassenlehrerin versuchte zwar, all jene in den Takt zurückzuholen, die davongeeilt waren, und diejenigen anzutreiben, die hinterhertrödelten, aber es wollte ihr nicht so recht gelingen. Garstige Dissonanzen verschwägerten sich mit quietschenden Tönen und *Süßer die Glocken nie klingen* entartete zu *Grausamer die Flöten nie schallten*. Laut Programmheft drohte auch noch *Es ist ein Ros' entsprungen*. Es musste davon ausgegangen werden, dass jede Rose augenblicklich verwelkte, sobald die Schallwellen der Kapelle des Grauens ihre Knospen trafen.

Ich warf einen Blick in den Spendenkorb neben mir. Bis auf Jakobs fünfzig Euro, die ich von zu Hause mitgenommen hatte, war der Korb leer. Mit dem Schein hoffte ich, willige Spender unbewusst davon zu überzeugen, ebenfalls zu Papier- statt Hartgeld zu greifen. Ein bekannter psychologischer Trick, der allerdings kaum funktionieren würde, wenn die 5d die Gäste weiterhin derart quälte. Eher würden sie Schmerzensgeld verlangen, statt beim Verlassen der Aula das Portemonnaie zu öffnen. Mutlos rückte ich das selbst gebastelte Schild *Kröten für Klassiker – eine Spende für die Schulbibliothek* vor dem Stehtisch zurecht. Simon hatte mir beim Gestalten »geholfen« und in einem unbeobachteten Moment seine Signaturmalerei in eine Ecke gezeichnet. Verärgert hatte ich versucht, den Mittelfinger in ein aufgeschlagenes Buch zu verwandeln. Aber wenn man genau hinsah, schimmerte die schwarze Kontur noch immer unter meinen Wasserfarben hindurch.

Süßer die Glocken nie klingen endete in einem jammervollen Crescendo schiefer Töne, dem erleichtertes Raunen und spärlicher Applaus folgten. Nicht mal die Eltern der kleinen Musikantinnen und Musikanten wagten, sich durch euphorisches Klatschen zu ihrem Nachwuchs zu bekennen. Die Menge wappnete sich für *Es ist ein Ros' entsprungen*. Wie erwartet eine Tortur sondergleichen, aber als auch diese überstanden war, brandete doch noch Beifall auf, weil das Martyrium endlich überstanden war. Jemand brüllte »Zugabe!«. Ich tippte auf Jan, der keine Gelegenheit verstreichen ließ, seine Mitmenschen zu quälen. Je mehr, desto besser. Immer nur auf mich einzuhacken befriedigte ihn auf Dauer nicht, auch wenn es keineswegs an Reiz verlor.

Die 5d verließ die Bühne, und die Direktorin, die durch das Programm führte, kündigte als Nächstes ein selbst geschriebenes Gedicht zweier Schülerinnen der achten Klasse an. Was folgte, waren verstörende Reime in Form eines Dialogs zwischen einem Ei und einem Päckchen Butter, die darum bangten, am Rand einer Schüssel zerschlagen, in Flocken gerupft und zu Plätzchenteig verarbeitet zu werden. Die beiden gaben sich wirklich Mühe, sich die Rollen als Ei und Butter zu eigen zu machen, doch der Funke wollte nicht recht zum Publikum überspringen. Wieder wurde verhalten geklatscht, nur Jan johlte »Ausziehen! Ausziehen!«, was ihm einen bitterbösen

Blick der Direktorin einbrachte. Ei und Butter verließen vollständig bekleidet das Podium, und ich reckte den Kopf, um bestmögliche Sicht für den nächsten Auftritt zu haben. So wenig Simon sich im Allgemeinen für die Schule begeisterte, gab es doch zwei Fächer, in denen er brillierte: Kunst und Musik. Egal, was er in die Finger bekam, ob Acrylfarbe, Kohle oder Ton, verwandelte sich zu Kunstwerken, die regelmäßig in schulexternen Ausstellungen landeten. Auch unsere Musiklehrerin war ein großer Simon-Fan. Der Stimmbruch hatte bei ihm ein raues Kratzen hinterlassen, das jedem Song einen unverwechselbaren Stempel aufdrückte. Seine Auftritte bei Schulveranstaltungen lebten zudem von einem gewissen Überraschungsmoment, denn nur weil er in den Programmheften angekündigt wurde, bedeutete das nicht, dass er auch auf der Bühne erschien. Manchmal hatte er keine Lust und blieb lieber am Bahnhof, um dort mit den Hunden der am Vorplatz herumlungernden Punks herumzutollen.

Heute aber war er da, ich hatte ihn vor dem Konzert kurz gesehen. Die Direktorin kündigte Simon mit schmeichelnden Worten an, weil sie wusste, dass sein Auftritt das Konzert davor rettete, ein kompletter Reinfall zu werden, und gab die Bühne frei. Ich klatschte überschwänglich, teils vor Begeisterung, aber auch, um vorsorglich Jan zu übertönen, falls der einen blöden Spruch grölte.

Gemeinsam mit Frau Zirkow, der Musiklehrerin, die so jung und cool war, dass ich gelegentlich ein wenig eifersüchtig auf sie wurde, wenn Simon und sie nach der Schule probten, trat er vor das Publikum. Er torkelte. Ich hoffte sehr, dass der unsichere Gang bereits Teil der Performance war. Er würde *Fairytale of New York* von den Pogues singen, einen Antiweihnachtssong, in dem sich ein angetrunkenes Liebespaar in Zankereien verstrickte und dabei nicht um herzhafte Schimpfwörter verlegen war. Ich hätte wetten können, dass Simon dieses Lied nur ausgewählt hatte, weil im Text *slut* und *faggot* vorkamen und er so ganz offiziell vor Publikum über Schlampen und Schwuchteln singen durfte, ohne Ärger zu bekommen.

Meine Hände schwitzten, sobald die ersten Töne der Instrumentalversion in den Lautsprechern erklangen. Simon stolperte scheinbar planlos über die Bühne, aber als er anfing zu singen, schwappte ein Raunen durch die Aula, brach sich direkt in meiner Brust und ließ mich leise seufzen. Das erste Mal an diesem Abend war richtige Musik zu hören – eine Wohltat nach der akustischen Körperverletzung durch die 5d. Die beiden Stimmen harmonierten perfekt miteinander. Im Publikum wippten die ersten Köpfe, erst langsam, dann immer schneller und nach dem Refrain gesellte sich ein rhythmisches Klatschen dazu. Selbst Gustav im karierten Blouson und mit Fliege, der am Rand der Bühne für die Technik zuständig war, wiegte sich begeistert im Takt. Simon genoss seine Rolle als betrunkener Liebhaber, er beschimpfte seine Duettpartnerin mit Gesten und Blicken, und die Zirkow konterte mit beeindruckendem Mienenspiel. Kaum waren die letzten Töne verklungen, schallten aus allen Ecken Zugabe-Rufe. Hand in Hand standen die beiden am Rand der Bühne, verbeugten sich und nahmen den nicht enden wollenden Applaus mit breitem Grinsen entgegen.

Ich wünschte, Simons Vater wäre hier gewesen, um den Triumph seines Sohnes mitzuerleben. Ich wünschte, er hätte gesehen, was ich schon immer in Simon gesehen hatte. Eine feine Künstlerseele im Körper eines Rebellen, der sich nicht einer Welt ausliefern wollte, in der Reifen zerstochen wurden und Väter lieber Verbrecher jagten, als zum Weihnachtskonzert ihres Kindes zu kommen. Einer Welt, in der Physiknoten und französische Grammatik einen höheren Stellenwert hatten als Kreativität und Kunst, und mit dem Zirkel zu zeichnen wichtiger war als mit der freien Hand.

Die beiden brachten sich für ihre Zugabe in Position, und Gustav startete die Musik ein zweites Mal. Diesmal stand das Publikum schon bei der ersten Strophe.

Üblicherweise war Simon immer um einen möglichst gelangweilten Gesichtsausdruck bemüht. Nach seinem Auftritt aber konnte er nicht mehr aufhören zu grinsen und stürmte mit adrenalinflotten Schritten auf mich zu. Obwohl er mich nicht berührte, fühlte ich mich für einen Augenblick an der Taille gepackt und von seiner Euphorie durch die Luft gewirbelt. Übermütig vom Mich-gewirbelt-Fühlen, umarmte ich ihn. »Das war großartig!«

»Ja«, stimmte er zu, löste meine Arme von seinem Hals und bemühte sich um einen gelassenen Ton. »War nicht übel.« Sein Atem roch nach Bier. Das Torkeln war also nicht gespielt. Wie auf Kommando zog er eine Dose aus der Manteltasche, öffnete sie und nahm einen langen Schluck. Dann versteckte er das Bier hinter dem Schild mit dem Spendenaufruf und warf einen Blick in den Korb. »Vielleicht sollte der Star des Abends hier stehen bleiben und seine Fans zum Spenden animieren.«

Irritiert vom Bier und der Zurückweisung meiner Umarmung, fand ich schnell wieder in unseren gewohnten Umgang. »Hervorragende Idee. Vergiss nicht, Autogramme zu geben und für Selfies zu posieren.«

Das Blasorchester spielte zum Abschluss eine blecherne Version von *Stille Nacht*, die mehr nach Bierzelt als nach Weihnachtskonzert klang. Die Direktorin dankte allen Mitwirkenden für ihre Vorträge und wünschte den Gästen übertrieben salbungsvoll frohe Feiertage. Ihre Bitte, am Ausgang großzügig für die Bücherei zu spenden, ging im allgemeinen Aufbruch unter. Man drängte sich um den Getränkestand nebenan und plauderte bei Apfelpunsch und Gebäck. Simon nahm Komplimente für seine Performance entgegen und quatschte ein paar Eltern ein bisschen Kleingeld aus den Brieftaschen. Allmählich leerte sich die Aula, und Gustav begann, die Bühne abzubauen. Auch Simon verabschiedete sich, seine Mutter wollte nach Hause.

Geduldig harrte ich aus, bis niemand mehr da war, und zählte meine Ausbeute. Knapp fünfundneunzig Euro.

»Fuck«, seufzte ich, ernüchtert, dass der Scheintrick nicht funktioniert hatte.

»Nicht gut gelaufen?«, fragte eine Stimme hinter mir, und ich wirbelte herum.

Jan löste sich aus dem Schatten einer Säule, seine Hände steckten in den Taschen seines blauen Sakkos, mit dem er lächerlich herausgeputzt wirkte. Provozierend schlich er heran und spähte in den Korb. »Wenn die beiden Mädels aus der Achten hier gestanden hätten, würde der Korb überquellen.«

»Warum verpisst du dich nicht einfach?«

Statt einer Antwort schnellte seine Hand aus dem Sakko, und ich wich zurück. Bis ich realisierte, dass er gar nicht im Begriff war, sein dämliches Messer zu zücken, waren Jakobs Schein und ein paar Münzen schon verschwunden.

»Du blöder Arsch, gib das …« Weiter kam ich nicht, denn aus dem Nichts Simon tauchte auf, den ich längst im Wagen seiner Mutter auf der Heimfahrt glaubte, und schlug Jan mit der Faust in den Nacken. Der torkelte, fiel aber nicht. Nur das Geld glitt ihm aus der Hand. Reflexartig hob ich es auf und sah mit Entsetzen, wie sich die Jungs in eine lautstarke Prügelei verkeilten. Gustav, vom Lärm angelockt, trennte die beiden.

»Du schon wieder!«, herrschte er Simon an und packte ihn am Mantelkragen. »Bei Ärger bist du nie weit, oder? Glaubst du, ich weiß nicht, dass du die Sterne beschmiert hast?«

Äußerst zufrieden mit dem unerwarteten Verlauf seines versuchten Diebstahls, setzte Jan einen bestürzten Gesichtsausdruck auf. »Dieser kranke Typ ist einfach auf mich losgegangen! Der ist gemeingefährlich!«

Gustav packte Simon härter, der eisern schwieg. »Bei Gewalt herrscht hier eine absolute Null-Toleranz-Grenze, Freundchen! Mal sehen, was die Chefin dazu sagt. Glaub nicht, dass deine hübsche Stimme dich retten kann, von der Schule zu fliegen!«

Die hübsche Stimme nicht, aber vielleicht jemand, der seine eigene erhob, um klarzustellen, was wirklich passiert war.

»Simon hat nicht angefangen«, sagte ich leise. Zu leise.

»Wirklich?« Zweifelnd wanderte Gustavs Blick zwischen den beiden Jungs hin und her. Der eine spielte überzeugend das arme Opfer, während der andere mit sturer Miene auf den Boden starrte und zehn Meter gegen den Wind nach Bier stank.

»Sie lügt! Der Psycho hat mich geschlagen!«

Es widerte mich an, immer leise zu sein. Und das Jan versuchte, einfach so davonkommen. Schon wieder. Mit einem mutigen Räuspern wurde ich laut. »Er hat dich davon abgehalten, das Geld zu klauen.«

»Ich bitte dich.« Jans Unschuldsmiene bekam Risse, als ihm ein überhebliches Lachen herausrutschte. »Als ob ich das nötig hätte.«

Gustav ließ Simon los. »Ich werde den Vorfall melden. Morgen früh im Büro der Direktorin wird sich klären, wer die Wahrheit sagt.«

»Gern«, erwiderte Jan selbstsicher. »Dann steht ihr Wort gegen meines. Kann ich jetzt gehen? Ich hab heute noch was vor.«

»Verschwindet. Alle beide.« Das ließen sich Jan und Simon nicht zweimal sagen. Als wir allein waren, nickte Gustav mir zu. »Diesmal musst du sagen, was passiert ist, Tilda.«

Ich nickte langsam. »Er hat wirklich nicht angefangen.«

Er hat mich nur verteidigt.

Kapitel 19 Basti

Mittwoch, 20. Dezember

Die Kleine sendete eindeutige Signale, rhythmisch rieb sie ihren Hintern an meinem Oberschenkel. Ihr Becken hatte Groove, und ich hätte ewig so weitertanzen können. Doch dann drehte sie sich plötzlich um, legte den Kopf mit dem kurzen Bob in den Nacken und sah mir direkt in die Augen. Zweimal versuchte ich, sie sanft aber nachdrücklich wieder in unsere Ausgangsposition zurückzubringen und mein Bein an ihrem Hintern anzudocken. Keine Chance. Mit einem sexy Lächeln schlang sie die Arme um meinen Hals.

Schade, dachte ich voller Bedauern. *Zeit für einen geordneten Rückzug*. Hintern an Hüfte war kein Problem, Augenkontakt ein absolutes No-Go. Alle Augen, egal ob blau, braun oder grau, verwandelten sich in kürzester Zeit in Millas Augen, wurden grün und vorwurfsvoll.

Mach keinen Scheiß, Basti, warnten sie mich, und ich war schlau genug, die Warnung zu beherzigen. Ich löste die Arme von meinem Hals und rettete mich mit einem täuschend echten *Moonwalk* zur Bar. Die Kleine zwinkerte mir zu und signalisierte, auf der Tanzfläche zu warten. Ich reckte den Daumen in die Luft. Auf keinen Fall würde ich zurückkommen.

Hinter der Theke entdeckte ich Nele, bei der keine Gefahr bestand, dass sie mich anmachen würde. Im Gegenteil.

»Einen Millionaire's Mule, bitte!« Ich setzte mich auf einen Barhocker und sah zu, wie sie wortlos den Drink mixte. Sie übertrieb mit dem Gin, wohl um zu beweisen, dass sie eine ernstzunehmende Barmaid war. Ich gab ihr ein großzügiges Trinkgeld und bekam trotzdem kein Lächeln. Ganz schön nachtragend, die Gute. Nur wegen eines falschen Worts. Dabei klang *Cocktailmädchen* doch eigentlich ganz süß. Bei *Blumenmädchen* regte sich ja auch niemand auf.

Ich schlürfte den starken Mule und dachte an mein eigenes Mädchen. Bevor ich in den *Circle* aufgebrochen war, hatte ich ihr am Telefon vorgeschlagen, mitzukommen. »Komm schon, Süße. Wir tanzen deinen Frust raus, gönnen uns ein paar Cocktails, und du pennst bei mir. Mein Basti-Spezial-Sorglos-Rezept, um den Streit mit deiner Mutter zu vergessen.«

»Das Rezept funktioniert vielleicht in deiner Welt. Ich kann den ganzen Scheiß in meinem Leben nicht einfach wegfeiern!«

Ich wünschte, sie könnte es. Aber es war einfach zu viel Scheiß. Ihr Vater fehlte ihr wie verrückt, und ständig flogen mit ihrer Mutter die Fetzen. Meistens ging es ums Essen. Oder vielmehr um das, was Milla alles nicht aß. Hundert Mal hatte ich ihr geraten, auszuziehen, hundert Mal hatte sie den Vorschlag abgeschmettert. Sie wollte weder allein leben noch hatte sie Bock auf eine WG. Mein Angebot, zu mir ins Appartement zu ziehen, hielt sie für keine gute Idee, und insgeheim gab ich ihr recht: Für zwei Personen war die Bude zu klein. Besonders wenn eine dieser Personen jede Menge Platz für Nähmaschinen, Stoffballen und anderen Kram brauchte. Frustriert stellte ich mein Glas auf die Theke.

»Noch einen?« Nele brüllte gegen die Musik an und zog herausfordernd eine Augenbraue hoch. »Oder war der erste Drink schon zu heftig für dich?«

Mir gefiel ihre kleine Provokation. Nele hatte auf jeden Fall Feuer im Hintern. Apropos Hintern: Bevor die Kurzhaarige mit ihrer reibefreudigen Kehrseite nach mir suchte, sollte ich endgültig verschwinden.

Ich schob ihr das leere Glas zu. »Vielleicht bekommst du beim nächsten Mal eine vernünftige Mischung hin. Einfach immer schön weiterüben.« Ich provozierte mindestens genauso gern wie Nele. Nur dass sie nicht so gut einsteckte wie ich. Angepisst knallte sie eine Dose Energydrink so hart auf die Theke, dass diese umfiel und über den Rand rollte. Geschickt fing ich sie auf. »Netter Zug von dir, mir als Entschädigung für den schwachen Kinder-Mule was auszugeben, aber ich steh nicht so auf das Zeug.«

»Ich gebe niemandem was aus.« Arrogant zog sie die Augenbraue hoch. »Und dir schon gar nicht. Nimm den Drink Elias mit hoch, wenn du gehst.« Sie wirbelte herum, und das Ende ihres langen Zopfes wischte über die Theke.

Mit der Dose in der Hand bahnte ich mir einen Weg über die Tanzfläche zum Foyer und stieg die Treppe hinauf zum Ausgang. Elias stand mit dem Rücken zu mir vor dem roten Seil und diskutierte gerade mit einer Gruppe Teenager. Ein blasser Typ mit Froschaugen riss besonders weit das Maul auf.

»Natürlich sind wir volljährig! Willst du uns beleidigen oder was?«

»Was ich will, sind eure Personalausweise.«

»Hörst du mir eigentlich zu? Die haben wir nicht dabei! Konnte ja keiner damit rechnen, dass ein Horst von Türsteher sich aufspielt und uns für Kinder hält!«

»Vielleicht, weil ihr wie Kinder ausseht?«, konterte Elias belustigt, und ich beugte mich raunend über seine Schulter.

»Volltreffer. Als hätten ihre Mamis sie für ein Schulkonzert angezogen. Mit gebügeltem Hemd und Sakko.«

»So wie deine Mama früher«, wisperte er grinsend zurück und wandte sich dann wieder den Kids zu. »Es war wirklich nett mit euch zu plaudern, Jungs, aber da ist nichts zu machen. Einlass ab achtzehn, ohne Ausnahme.« Er verschränkte die Arme vor der Brust und machte klar, dass die Diskussion beendet war. Ich stellte mich neben ihn und leistete Schützenhilfe. Nicht, dass er welche brauchte, aber meine Brust war beeindruckender als seine. Vier der Jungs sahen ein, dass sie keine Chance hatten. Nur der mit den Froschaugen versuchte weiter, den Dicken zu markieren. Er fummelte ein zusammengeklapptes Taschenmesser aus seiner Jackentasche und drehte es provozierend in der Hand.

»Du bist nicht der Erste, der mir heute Abend blöd kommt. Glaub mir, ich hab durchaus überzeugende Argumente, uns in den Club zu lassen.«

Meine rechte Faust zuckte gefährlich. Auf bestimmte Provokationen reagierte ich allergisch. Solche mit Taschenmessern zum Beispiel. Keine Ahnung, wie Elias es schaffte, so cool zu bleiben. Er winkte den Jungen zu sich heran und zeigte zu den beiden muskelbepackten Typen von der Security an der Tür. »Siehst du die beiden? Wenn du dein kleines Spielzeug nicht sofort einpackst und verschwindest, überzeugen dich ihre Argumente.«

»Du drohst mir? Mit den beiden Gorillas?«

»So wie du mir mit deinem Taschenmesser. Wir können gern die Bullen rufen und das klären.«

Zähneknirschend steckte Froschauge erst die Niederlage, dann das Taschenmesser ein. »Wichser!«

»Dir auch einen schönen Abend, Kleiner.« Elias winkte ihm freundlich nach, als er zu seinen Freunden lief. Aus sicherer Distanz pöbelten sie weiter in unsere Richtung, ließen ihre Mittelfinger tanzen, spuckten auf den Boden und verpissten sich dann.

»Alter«, stöhnte ich und lockerte den Griff um die Dose, die ich vor lauter Anspannung beinahe zerquetscht hatte. »Was war das denn für eine Nummer?«

Gleichmütig zuckte Elias mit den Schultern. »Robert hat mich vorgewarnt, dass so was vorkommt. Zu viel Testosteron und Alkohol sind selten eine gute Kombination« Er ließ ein Paar passieren, dem man die Volljährigkeit abkaufte, ohne den

Personalausweis prüfen zu müssen. »Viel Spaß!« Geduldig arbeitete er die kurze Schlange ab, wies zwei junge Frauen in Turnschuhen zurück, die zwar maulten, aber keine Messer zogen, und als er nichts mehr zu tun hatte, reichte ich ihm den Energydrink.

»Mit besten Grüßen von deinem neuesten Fan.« Weil er wohl vor lauter Fans nicht wusste, von wem ich sprach, präzisierte ich. »Die Barmaid. Die mich übrigens hasst.«

Mit den Zähnen zerrte er einen Handschuh von den Fingern und öffnete lachend die Dose. »Du hast es von Anfang an verkackt.«

»Schade eigentlich. Sie ist echt süß.«

»Sie raucht wie ein Schlot.«

»Nobody's perfect«, erwiderte ich, und Elias lachte, freudlos diesmal. »Ich meinte nicht dich.«

»Ich weiß.« Er kämpfte mit der Kohlensäure, verlor schließlich und rülpste. »Das Zeug schmeckt widerlich.«

»Warum trinkst du es dann?«

»Weil es mich wachhält, für den Fall, dass hier kleine Idioten mit Taschenmessern auftauchen. Ich will schließlich nicht in der Notaufnahme landen, sondern Ende des Monats den verdammten Job in der Tasche haben.«

»Wenn ich hier das Sagen hätte, würde ich dich nach der Aktion hier sofort einstellen und auf den Rest der Probezeit pfeifen. Du warst cool wie ein verdammter Zen-Meister. Bei mir wäre schon längst die Faust geflogen.«

»Bei mir flog letzte Woche ein Stuhl, als der Zen-Meister kurz Mittagspause hatte.« Zerknirscht erzählte er von besagtem Stuhl, den er nach seinem Bruder geworfen hatte, weil Lea ihm nicht zugetraut hatte, unfallfrei draufzusteigen, um die Spitze des Weihnachtsbaums abzusäbeln.

»Deine Mutter hat eben Schiss um dich.« So wie alle Mütter um ihre Kinder, wie Millas Mutter um sie. Mütter waren anstrengend. Ich hatte sogar zwei davon, inklusive einer Stiefmutter, und das war wirklich kein Zuckerschlecken. »Du bist mit dem Kleinen und seinem Taschenmesser fertiggeworden, dagegen ist Lea ja wohl ein Klacks.« Aufmunternd nahm ich ihn in den Schwitzkasten. Seine Haare knirschten unter meinen Fingern wie Kies. »Was hast du denn da draufgeschmiert? Kleister?«

Augenblicklich wollte die Security einschreiten, die ja nicht wusste, dass es in unserer Bromance manchmal etwas ruppig zuging. Elias gab ein Zeichen, alles unter Kontrolle zu haben, und befreite sich, um seine Frisur zu retten.

»Bist du bescheuert? Versau mir das hier nicht.« Obwohl *das hier* weit unter seinen Möglichkeiten lag, hatte er sich am Gedanken festgefressen, Selektor eines Nachtclubs zu werden. Er wollte allen beweisen, dass er sein Leben wieder im Griff hatte. Am meisten sich selbst.

Entschuldigend klopfte ich nicht vorhandenen Staub von seinem Mantel. »Sorry, Alter. Dein neuer Look ist so unwiderstehlich, dass ich meine Finger einfach nicht bei mir behalten kann.«

»Das solltest du Milla lieber nicht hören lassen.«

Mit einem Schlag wurde ich ernst. »Wo wir gerade von Milla reden … Ich fürchte, es ist Zeit, für einen Schlussstrich.«

Mitfühlend legte mir Elias seine Hand auf die Schulter. Immer wieder hatte ich die Sache mit ihm durchgekaut, und er wusste, wie schwer es mir fiel. »Verstehe. Sag Bescheid, wenn du mich brauchst.«

Obwohl ich wusste, dass die Entscheidung richtig war, spürte ich einen dicken Kloß im Hals. Ich klaute mir die Dose, um ihn runterzuspülen, spuckte den Schluck aber sofort wieder aus. »Bist du irre, das Zeug zu trinken?«

»Es hilft«, erwiderte Elias knapp.

Mir half es nicht. Der Kloß im Hals blieb.

Kapitel 20 Sophie

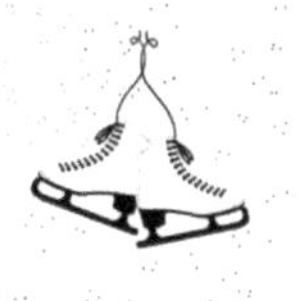

Freitag, 22. Dezember

Sie gab sich überhaupt keine Mühe. »So was vielleicht?« Lustlos hob sie ein silbernes Teesieb hoch und ließ es wieder zu den anderen in die Kiste fallen.

»Milla, ich bin mir ziemlich sicher, dass deine Mutter schon ein Teesieb besitzt. Fällt dir nichts anderes ein?«

Ratlos bog sie in den nächsten Gang der Haushaltswarenabteilung und steuerte auf Topfuntersetzer aus Messing zu.

»Nein«, sagte ich entschieden und zog sie schnell weiter. »Auch davon hat sie sicher genug. Überleg doch mal, worüber würde sie sich freuen?«

Milla zuckte die Schultern. »Dass Papa zurückkommt. Du weißt nicht zufällig, wie man Tote wieder zum Leben erweckt, oder?« Es klang beiläufig, wie *Eine orientalische Hängeleuchte würde ihr gefallen. Weißt du, wo ich eine herbekomme?*. Ohne meine Antwort abzuwarten, zeigte sie auf einen weihnachtlich gedeckten Tisch mit Kristallgläsern und edlem Porzellan. »Was sagst du zu Serviettenhaltern? Die sind praktisch. Denke ich.«

Ich dagegen dachte, dass es Zeit für eine Intervention war. Beherzt hakte ich Milla unter und zerrte sie zur Rolltreppe, ehe sie noch auf die Idee kam, ein Abflusssieb zu kaufen, was zweifelsohne ungemein praktisch, aber an Lieblosigkeit kaum zu übertreffen war. »Lass uns eine Pause machen, okay? Ich hab noch nichts gefrühstückt, und es ist schon fast Mittag. Wir können einen Falafelwrap essen und uns in aller Ruhe ein schönes Weihnachtsgeschenk für deine Mutter überlegen.« Ich betonte *schönes* so deutlich, dass Milla zusammenzuckte. Vielleicht hatte sie aber auch schon vorher gezuckt, als ich den Falafelwrap erwähnt hatte.

»Ich hab keinen Hunger«, sagte sie prompt und schlug sich die Kapuze zum Schutz vor dem trüben Winterregen über den Kopf, als wir das Geschäft verließen.

Wehmütig dachte ich an den Tag zurück, als ganz Würzburg im Schnee versunken war. Der Schnee mochte verschwunden sein, die Erinnerung an den Tag war es nicht. Noch immer sah ich Rebekka und mich übermütig den Abhang hinuntersausen, manchmal mit Schlitten, manchmal nur auf unseren Hintern. Und noch immer spürte ich den Muskelkater in den Beinen vom Bergsteigen und im Bauch vom Lachen.

Milla riss mich mit einem unvermittelten Themenwechsel aus meinen Gedanken. »Ich glaube, Basti hat genug.«

»Triceps?«, fragte ich verdattert.

»Von mir. Ich hab ihn gestern am Telefon ziemlich abserviert, und heute reagiert er weder auf meine Nachrichten noch auf die Anrufe.«

Wir kämpften uns durch die Schönbornstraße, die drei Tage vor Weihnachten mit Menschen verstopft war wie ein zu enges Rohr mit Speiseresten.

»Das hat doch nichts zu bedeuten«, beruhigte ich sie. »Denkst du, ich antworte sofort auf Elias' Nachrichten und Anrufe?«

»Ich könnte verstehen, wenn er die Nase voll hat. Ich hab ja selbst genug von mir.«

Vorsichtig drückte ich ihren Arm und überlegte, ob das der richtige Moment war, sie darauf anzusprechen, was langsam nicht mehr zu übersehen war – sie fiel in überwunden geglaubte Muster zurück. Aber ich kniff. Mein Themenwechsel kam noch abrupter als Millas. »Wieso nähst du nichts für deine Mutter? Einen raffinierten Rock zum Beispiel?«

Sie zog den Kopf tiefer in die Kapuze zurück. »Mama würde die Arbeit, die darin steckt, gar nicht zu schätzen wissen.«

Wir bogen in eine Gasse ein und durchquerten bald die kleine Passage, in der neben einem Nagelstudio auch das Orthopädiefachgeschäft untergebracht war, in dem Elias mit Vornamen angesprochen wurde, weil er eine Zeit lang zum festen Kundenstamm gezählt hatte. Die Passage mündete in die Juliuspromenade, unweit des Falafel-Ladens. Wie immer wand sich die Schlange aus der Ladentür bis auf den Gehweg hinaus.

»Und wenn du etwas weniger Aufwendiges nähst? Ein Kissen vielleicht? Unsere Weihnachtskissen sind so schön geworden, dass ich jetzt schon traurig bin, sie bald wieder wegzuräumen.« Wie so oft, wenn ich eine zündende Idee hatte, hopste ich ein paarmal in die Luft. Elias nannte mich deshalb manchmal seinen kleinen Flummi. »Ich hab's! Wir schauen im Stoffladen nach Frühlingsprints, irgendwas Florales! Pfingstrosen? Oder Vögel?« Der nächste Hopser. »Kraniche! Ich hab neulich bei Pinterest einen Kimono im schönsten Kranichstoff gestehen, den du dir vorstellen kannst!«

Milla ließ sich von der Idee mitreißen. »Ich liebe Kraniche, seit der Geschichte des japanischen Mädchens, das tausend Origami-Kraniche falten wollte, um einen Wunsch frei zu haben.« Diese Geschichte hatte ich ihr nach dem Tod ihres Vaters erzählt und mit ihr zusammen angefangen zu falten. Nach sechsundfünfzig Vögeln war uns das Papier ausgegangen. Aber diese sechsundfünfzig standen noch immer in ihrem Zimmer auf dem Fensterbrett. »Kissen sind wirklich schnell genäht. Wenn Mama sich nicht darüber freut, hab ich zumindest keine Zeit verschwendet. Nähen wir zusammen? Dann kannst du welche für euer Sofa machen?«

»Da müssen wir uns aber ranhalten, viel Zeit bleibt uns nicht mehr. Und für morgen bin ich schon verplant.«

»Wie wäre es mit Sonntag?«, schlug Milla vor. »Gleich morgens? Es gibt sowieso keinen Vormittag, der so langsam vergeht wie der am 24. Dezember.«

Nicht ohne Grund spielte das Fernsehprogramm an diesem Tag einen Kinderfilm nach dem anderen. Irgendwie musste man die Warterei auf die Bescherung ja aushalten. Jahrelang hatte ich mit *Das letzte Einhorn* und *Ronja Räubertochter* die Zeit totgeschlagen. Aber dieses Jahr hatte ich andere Pläne.

»Da kann ich leider nicht«, sagte ich kleinlaut.

Milla winkte ab, als hätte sie damit schon gerechnet. »Klar, du bist bei deinen Eltern. Oder feiert ihr bei Linders?«

»Weder noch.« Ich senkte verlegen den Blick beim Gedanken an die Diskussion, die ich darüber mit Elias geführt hatte. »Ganz schwieriges Thema.«

Die Schlange schrumpfte, und wir näherten uns den Stufen des Schnellrestaurants. Schon kroch das würzige Aroma der Falafeln in meine Nase, der Duft selbst gemachter Pommes robbte hinterher. Vielleicht sollte ich mir ein Menü gönnen. Mein Appetit auf Pommes war fast so groß wie der aufs Leben. Viel zu lange hatte ich auf beides verzichtet.

»Warum das denn?«, fragte Milla, die sich, vermutlich unbewusst, die Nase zuhielt.

»Elias hat beschlossen, dass wir zu Hause bleiben, um es uns, wie er es nennt, *zu zweit gemütlich machen*, was so viel bedeutet, wie den ganzen Tag in Jogginghosen herumzulungern und zu essen. Mich hat er gar nicht gefragt, wie ich Weihnachten verbringen möchte. Vermutlich geht es ihm wie immer hauptsächlich darum, seiner Mutter zu beweisen, dass er sein eigenes Leben hat, ohne zu merken, dass er nicht viel besser ist als sie, wenn er über meines einfach mitbestimmt. Tatsächlich kann ich mir Schöneres vorstellen, als nur den ganzen Tag vor dem Fernseher zu hängen und Spekulatius zu essen.« Auch wenn Elias nicht explizit von Fernseher und Spekulatius gesprochen hatte, klang seine Vorstellung des Tages danach – nach staubtrockenem Gebäck und der langweiligen Wiederholung schon hundertfach gesehener Filme. Ich schämte mich für den Gedanken und überhörte beinahe Millas Frage, die eigentlich Elias hätte stellen müssen.

»Und was willst du? Lieber deine Familie sehen?«

Ich winkte ab. »Meine Mama hat so viele Kinder, die sie mit Liebe überschütten kann, dass ihr gar nicht auffällt, wenn an Heiligabend eines fehlt. Als ich ihr sagte, dass ich andere Pläne habe, meinte sie nur: *Prima, dann muss Papa einen Stuhl weniger vom Dachboden holen.*«

»Niemand ist so pragmatisch wie deine Mutter.« Milla lachte und setzte zögerlich einen Fuß über die Schwelle des Lokals. »Deine Pläne … Erzähl mir davon.«

Mein Flüstern war so leise, als müsste ich mich dafür schämen, dass meine Pläne so anders waren als Elias'. »Ich hab so unbändige Lust, Neues auszuprobieren.« Noch mehr schämte ich mich für das, was ich als Nächstes sagte. »Das Verrückteste, was Elias ausprobieren will, ist, dass wir beim Auf-dem-Sofa-Sitzen mal die Plätze tauschen.«

»Er war nicht immer so …«, gab Milla zu bedenken, und ich nickte schuldbewusst, weil ich den Grund für all das ja kannte.

»Vor einiger Zeit hab ich meiner Kollegin erzählt, dass ich als Kind fasziniert vom Eislaufen war und mir mit Tacker und Uhu Kostüme aus Tüll und Pailletten gebastelt hatte. Sie hat lange selbst Eiskunstlauf gemacht und mir spontan angeboten, mir an Heiligabend auf der Eisbahn ein paar Sprünge beizubringen. An dem Tag ist so wenig los, dass wir das Eis vorraussichtlich fast für uns allein haben.«

»Das klingt nach der Erfüllung eines Mädchentraums.« Milla zwinkerte mir zu. »Und nach jeder Menge blauer Flecken.«

»Endlich jemand, der das auch so sieht! Die kleine Sophie in ihrem zusammengetackerten Tüllkostüm erlebt ihr ganz persönliches Weihnachtswunder und darf ihre langersehnte erste Eislaufstunde nehmen! Auch wenn ich fürchte, dass du mit den blauen Flecken recht hast.«

Millas Verständnis half mir, mein schlechtes Gewissen und Elias' Enttäuschung, dass ich nicht das Gleiche wollte wie er, sanft, aber bestimmt zur Seite zu schieben. Mit neuem Appetit las ich die handgeschriebene Speisekarte auf der riesigen Schiefertafel an der Wand. »Sicher, dass du keinen Hunger hast?«

Sie schüttelte den Kopf. »Ich wollte später noch zum Spinning. Das geht schlecht mit vollem Magen.«

Ich verkniff mir den Kommentar, dass ein leerer Magen eine ebenso schlechte Voraussetzung war. Wenigstens fiel mir in diesem Moment zumindest für eines ihrer Probleme eine Lösung ein. »Die haben hier auch Gutscheine. Warum kaufst du nicht einen für deine Mutter?«

Milla zögerte. »Ich weiß nicht. Gutscheine erwecken immer den Eindruck, als wäre einem nichts Besseres eingefallen.«

»Ich will dir wirklich nicht zu nahe treten, aber dir fällt nichts Besseres ein.«

Milla lachte. »Touché.«

»Und du musst zugeben, ein Gutschein ist besser als ein Topfuntersetzer. Ein Wrapmenü mit Pommes, bitte!«

»Den Wrap mit allem?« Die Servicekraft zeigte auf die Silberschalen mit Gemüse, Salat und Zwiebeln.

»Unbedingt. Und Ketchup und Mayo zu den Pommes. Ach, und einen von den hausgemachten Chocolate Cookies noch dazu.« Das Leben war zu kurz, um keine Cookies zu essen. Milla wusste das, aber sie verzichtete trotzdem darauf.

Wenig später verließen wir den Falafel-Laden, ich trug eine pralle Papiertüte mit einem dick befüllten Wrap und einer Pappschachtel verführerisch duftender Pommes, Milla hielt einen dünnen Gutschein in der Hand. Zufrieden waren wir beide.

Kapitel 21 Tilda

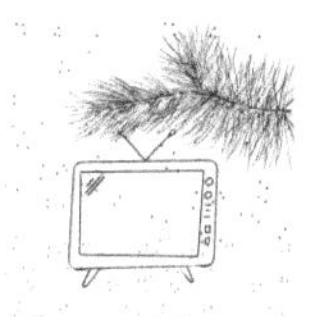

Freitag, 22. Dezember

Nicht mal die Lehrer hatten am letzten Schultag vor den Ferien Lust auf Unterricht. Herr Heiler war zur letzten Doppelstunde mit zwei Großpackungen Lebkuchen und einer VHS-Kassette angerückt. Er hatte mich gebeten, einen der beiden Fernsehwagen aus dem Medienraum zu holen, die irgendwie den technischen Fortschritt überlebt hatten. Liebevoll steckte er den Film in den Videorekorder und verkündete: »Ich hab euch einen echten Klassiker mitgebracht! Eine Perle der Filmgeschichte!«

Aber kaum jemand schenkte der *Feuerzangenbowle* Aufmerksamkeit, die meisten beschäftigten sich mit den spendierten Lebkuchen oder ihren Handys. Nur Herr Heiler wurde völlig in den Bann des Schwarzweißfilms gezogen und schmunzelte bei einigen Szenen überrascht, als hätte er den Film noch nie gesehen. Dass er ganze Passagen mitsprach, bewies das Gegenteil.

Ich knabberte an einer Lebkuchenbrezel und schielte auf den leeren Stuhl neben mir. Es war nichts Besonderes, dass Simon fehlte, aber dieses Mal war auch der Platz am Nebentisch unbesetzt. Die Direktorin hatte Jan und Simon wegen der

Prügelei bis zu den Ferien suspendiert. Mit einem Tag Schulverbot und einer scharfen Abmahnung waren beide mehr als glimpflich davongekommen. Was den versuchten Diebstahl anging, stand – wie Jan vermutet hatte – sein Wort gegen unseres. Belege für unsere Behauptung gab es nicht. Kurz hatte ich mit dem Gedanken gespielt, die Reifen zu erwähnen, aber dafür fehlten mir ebenso wie für die Sache mit dem Geld die Beweise. Was sich wie eine Niederlage anfühlte, war trotzdem ein Sieg. Zwar hatte Jan keine ernsten Konsequenzen zu befürchten, aber das Gleiche galt auch für Simon. Meine Erleichterung, dass der Vorfall so glimpflich geendet hatte, war gewaltig. Abgesehen vom stetig über Simon baumelnden Damoklesschwert eines Schulverweises war es purer Wahnsinn gewesen, sich mit Jan anzulegen, nicht nur wegen dessen körperlicher Überlegenheit und seiner ungesunden Vorliebe für Schweizer Taschenmesser. Dieser Wahnsinn rührte mich noch immer in einem sehr entlegenen Winkel meines Herzens, das ein bisschen schneller schlug als üblich, weil Simon Kopf und Kragen riskiert hatte, um mich zu beschützen.

Die scheppernde Schulglocke unterbrach meine Gedanken und Heinz Rühmanns Monolog. Wie auf Kommando sprangen meine Mitschülerinnen und Mitschüler von ihren Stühlen und stürmten zur Klassenzimmertür.

»Wieso habt ihr es denn so eilig?« Herr Heiler hatte wohl gehofft, alle würden bleiben, um den Rest des Films zu sehen. Als niemand antwortete, beeilte er sich, der schwindenden Meute noch letzte Anweisungen mitzugeben. »Vergesst unseren Freund Werther in den Ferien nicht! Es wird vor der Klausur keine Wiederholungsstunde mehr geben! Ach, und Tilda? Wartest du kurz?«

Ich rechnete mit der Bitte, den Fernsehwagen zurückzubringen, und schlenderte langsam zum Pult. Wie immer hatte ich es nicht eilig.

Der Videorekorder spuckte auf Knopfdruck die VHS aus, die Herr Heiler mit der Sorgfalt eines Juweliers zurück in die

Hülle packte. »Ich wollte mit dir über die Spendenaktion sprechen.«

Sicher wusste er von der Prügelei. Die ganze Schule sprach darüber. Jan hatte dafür gesorgt, dass die Prügelei in allen Klassen die Runde machte. Wie bei jedem Gerücht veränderten sich die tatsächlichen Ereignisse umso mehr, je öfter sie weitergegeben wurden. In der Pause hatte ich auf der Toilette aufgeschnappt, wie zwei Schülerinnen voller Abscheu darüber sprachen, dass Simon Jan hinterrücks überfallen hatte, als der beim Abbau des Spendentischs helfen wollte.

»Abgesehen von dem unerfreulichen Vorkommnis am Ende des Konzerts, freue ich mich sehr über das Ergebnis. Hundertsechsundsiebzig Euro sind ein hübsches Sümmchen.« Er wusste nicht, dass besagtes Sümmchen nur zustande gekommen war, weil ich den ursprünglichen Betrag mit meinem Taschengeld aufgestockt und Jakob um weitere fünfzig Euro gebeten hatte. »Allerdings«, fuhr er fort, »bin ich etwas erstaunt über die Liste der Bücher, die du mir gegeben hast.« Er zog das zerknitterte Papier aus seiner Ledertasche und las die Titel vor: »Edgar Allan Poe *Detektivgeschichten,* Dashiell Hammett *Der Malteser Falke,* Raymond Chandler *Der große Schlaf* und *Das hohe Fenster.*« Fragend sah er mich an. »Das ist eine, sagen wir mal, ungewöhnliche Auswahl für eine Sechzehnjährige. Findest du nicht?«

Ich zuckte die Schultern. Es war das Mindeste, die Liste als Gegenleistung für die zweite großzügige Spende meines Vaters an sein Literaturverständnis anzupassen, auch wenn er mich nicht darum gebeten hatte.

»Natürlich gelten diese Romane als Klassiker, aber ich hatte gehofft, wir könnten etwas frischen Wind in die Bücherei bringen.« Ausgerechnet der Mann, der *Die Feuerzangenbowle* anschleppte, hoffte auf frischen Wind. »Wie ich sehe, hast du ein Faible für Krimis. Vielleicht fallen dir ein paar pfiffige Jugendkrimis ein?« Pfiffige Jugendkrimis. Womöglich *TKKG* oder *Die drei ???*.

Ich konnte Jakobs Schnappatmung schon hören, sollte er jemals davon erfahren. »Wenn Sie wollen, recherchiere ich in den Ferien, was der Jugendkrimimarkt aktuell hergibt, und schreibe eine neue Liste.«

»Das wäre wunderbar!« Begeistert klatschte Herr Heiler in die Hände. »Es eilt natürlich nicht. Genieß ruhig erst mal die Ferien mit deiner Familie. Aber vergiss den Werther nicht!«

»Natürlich nicht.« Ich deutete zum Fernseher. »Soll ich den zurückbringen?«

Dankbar drückte er mir den Schlüssel in die Hand. »Auf dich ist Verlass, Tilda.« Es klang wie ein Kompliment.

Ich schob den Fernseher durch die leeren Flure, parkte ihn im Medienraum neben seinem verstaubten Röhrenbildschirmkollegen und suchte Gustav, um den Schlüssel abzugeben. Aber er war nirgends zu finden. Dafür entdeckte ich im Fahrradkeller einen magentafarbenen Iro, der leuchtete wie eine grelle Telekom-Reklame. Simon hatte den vorzeitigen Ferienstart für einen Farbwechsel seiner Haare genutzt, der mich fast erblinden erließ.

»Was machst du hier?«, zischte ich und sah mich besorgt um. »Du darfst gar nicht hier sein!«

Simon zuckte unbeeindruckt die schmächtigen Schultern. »Es liegt in meiner Natur, immer genau das Gegenteil von dem zu tun, was von mir erwartet wird.«

»Lass dich bloß nicht erwischen.«

»Außer uns ist niemand mehr hier«, antwortete er, fast enttäuscht, dass seine kleine Rebellion unbemerkt bleiben würde. »Und du verpetzt mich sicher nicht, oder?«

»Ist das eine ernst gemeinte Frage?«

Statt einer Antwort kramte in seiner Manteltasche. »Nur noch zwei Tage.«

»Und dann?«

»Na, Weihnachten.«

»Jetzt verstehe ich!« Mit der flachen Hand schlug ich gegen meine Stirn. »Deshalb die ganzen Tannenbäume überall.«

Er zog eine gebrannte CD heraus und präsentierte das Cover wie das Etikett eines edlen Weins. »Hier ist noch einer.«

Auf den ersten Blick sah der Weihnachtsbaum gewöhnlich aus, aber bei genauem Hinsehen erkannte ich die eigenwilligen Details: Statt konventionellem Schmuck baumelten an den Zweigen Bierdosen, Zigarettenschachteln und gebrauchte Kondome, von denen Sperma tropfte wie nasse Schneeflocken.

»Eher ein Antiweihnachtsbaum«, stellte ich fest.

»Ist ja auch ein Antiweihnachtssong.« Simon klappte die Hülle auf. Die silberne CD blitzte im Licht des Deckenstrahlers. Mit schwarzem Edding war kunstvoll *Fairytale of New York* darauf geschrieben. »Gesa und ich haben den Song der Pogues in einem Studio aufgenommen.«

Meine Zunge rollte sich zusammen, als hätte sie an einer Zitronenscheibe geschleckt. »Du nennst sie Gesa?«

»So heißt sie nun mal.«

»Komisch«, tat ich erstaunt, »wir anderen nennen sie Frau Zirkow.«

»Wir?« Verdutzt schoben sich seine Augenbrauen zusammen. »Seit wann gehörst du denn dazu?«

»Und seit wann gehörst du zu Gesa?«

Er trat ein paar Schritte zurück, als hätte ich eine ansteckende Krankheit. »Bist du eifersüchtig?«

»Eifersüchtig? Auf die Zirkow?« Ich schnaubte. »Das hättest du wohl gern.«

»Eigentlich nicht.« Ohne Vorwarnung warf er mir die CD zu, drehte sich um und ging mit langen Schritten davon. Der Ledermantel bauschte sich hinter ihm wie bei Neo in *Matrix*.

»Wieso bist du wieder gekommen?«, rief ich ihm nach.

»Wegen der CD«, antwortete er im Gehen.

»Ich meine nicht heute.«

Irritiert blieb er stehen und drehte sich um. »Sondern?«

»Nach dem Konzert. Du hattest dich längst verabschiedet, um mit deiner Mutter nach Hause zu fahren. Warum bist du wiedergekommen?«

Er zuckte die Schultern. Seine Gleichgültigkeit glich einem Fausthieb in den Magen. »Ich hatte mein Bier hinter dem Schild vergessen.«

»Es ging dir nur um die verdammte Bierdose?«

»Klar, was denn sonst?« Er hielt inne und sah mich prüfend an. »Du denkst doch nicht etwa, dass ich deinetwegen zurückgekommen bin, oder?«

Aus seinem Mund klang die Möglichkeit derart absurd, dass ich laut lachte und gleichzeitig rot anlief vor Scham, genau das gedacht zu haben. »Man muss schon ziemlich verzweifelt sein, um das zu denken.«

Simon lächelte mitleidig, als wollte er sagen, dass ich das ja war, ziemlich verzweifelt. Was er tatsächlich sagte, war kaum besser. »Hör zu, Tilda. Du bist mein einziger Freund hier. Versuch nicht, was anderes zu sein, okay?« Grußlos drehte er sich um, langsamer diesmal, weniger effektvoll, und verschwand durch die Kellertür nach draußen.

Ich starrte ihm nach, das Echo seiner Worte im Kopf.

Versuch nicht, was anderes zu sein.

Mühsam arbeitete ich mich durch alle Schichten des Satzes, sezierte Buchstabe für Buchstabe, schob weiches Gewebe beiseite, bis ich auf die wahre Bedeutung seiner Worte stieß, eingeritzt in harte Knochen: *Versuch nicht, mehr zu sein als nur ein Freund. Wir leben in einer perfekten Symbiose innerhalb unserer platonischen Grenzen. Ich brauche deinen klugen Kopf, um das Abi zu schaffen. Du brauchst meine Gesellschaft, um nicht jeden Tag allein im Keller herumzuhängen. Was wir haben, ist gut. Mach es nicht kaputt.*

Es wurde ganz still in jenem Winkel meines Herzens, in dem Simons heroisches Eingreifen aufgeregt geklopft hatte. So still, dass mein Flüstern darin wie in einer Kathedrale hallte, als ich mich aus meiner Starre löste, zur Tür drehte und die CD an den sternlosen Birkenast über der Tür klemmte. »Ich kann das auch. Das Gegenteil von dem tun, was man von mir erwartet.«

Sobald Gustav die CD entdeckte, wusste er, wer die Sterne beschmiert hatte, und es war mir egal, ob er das als Schuldeingeständnis oder Entschuldigung verstand.

Auf dem Weg zu meinem Fahrrad verbarrikadierte ich den schrecklich stillen Winkel sorgfältig mit den Trümmern unserer Symbiose, steckte die platonischen Grenzen mit Stacheldraht ab und beschloss, nie wieder einen Fuß in diese Gegend zu setzen.

Kapitel 22 Elias

Freitag, 22. Dezember

»Du mieser Sack.« Kopfschüttelnd lief ich durch die leere Wohnung. Möbel, die den Schall hätten schlucken können, fehlten, und meine Schritte hallten laut. »Was für ein Freund bist du eigentlich? Sophie und mir hast du diese winzige Bude unterm Dach angedreht, und du gönnst dir ein Loft von der Größe eines Fußballstadions mit Ausblick über die ganze verdammte Stadt?«

Wie aufs Stichwort öffnete Basti die Doppelglastüren, die hinaus auf die Dachterrasse führten, und präsentierte besagten Ausblick mit ausladender Geste, als gehörte ihm nicht nur die Wohnung, sondern das gesamte Mainviertel zu unseren Füßen. »Manchmal muss es sich lohnen, ein Scheidungskind zu sein.« Er spielte diesen Joker seit Jahren und profitierte von den anhaltenden Gewissensbissen seines Vaters, die Familie für eine jüngere Frau verlassen zu haben. Zum Abi hatte er das Einzimmerapartment mitten im Zentrum bekommen, nun folgte also ein Upgrade, für das Basti nicht mehr hatte tun müssen, als nett darum zu bitten. Und zu erwähnen, wie sehr er noch immer unter der Trennung der Eltern litt. Was natürlich nicht stimmte.

Ich begleitete ihn nach draußen. Um diese Jahreszeit war die Dachterrasse ungemütlich, und der Wind pfiff über die Brüstung, aber es brauchte nicht viel Fantasie, um sich auszumalen, wie wir laue Sommerabende hier verbringen würden. Auch Basti war im Geiste schon ein paar Monate weiter.

»Ich dachte an eine Sofalounge hier«, er zeigte an die Brüstung, »und eine kleine Outdoorküche da vorne. Hier kommt der Beamer hin und da drüben ein paar riesige Palmen.« An seinen Ideen gab es nichts auszusetzen, trotzdem wirkte er unsicher. »Was denkst du?«

»Über die Palmen und den Beamer?«

»Über die Wohnung.«

»Also, wenn du meine ehrliche Meinung hören willst …« Ich schlürfte an meinem Pumpkin Spice Latte, den Basti auf der Fahrt hierher spendiert hatte. »Milla wäre nicht ganz bei Trost, wenn sie Nein sagen würde.«

Er lachte zwar, blieb aber trotzdem angespannt. Die Entscheidung, sein geliebtes Apartment aufzugeben, fiel ihm schwer. Er wusste, dass Milla von zu Hause wegwollte, aber nicht zu ihm in die *Bumsbude*, wie sie es despektierlich nannte. Eine große gemeinsame Wohnung war die naheliegende Lösung, eine exklusive noch dazu.

Aufmunternd knetete ich seinen Nacken. »Milla wird das Penthouse lieben. Selbst ich liebe es. Und für den sehr unwahrscheinlichen Fall, dass es ihr nicht gefällt, ziehe ich hier ein. Sophie bringe ich gleich mit. Platz hast du ja genug.«

Ihm gut zuzureden half, Basti war fast schon wieder der Alte. »Platz und den geilsten Ausblick der Stadt.«

»Vergiss den Aufzug nicht. Um den beneide ich dich wirklich.«

Basti grinste. »Wenn du brav bist, lass ich dich später mal mit der Gegensprechanlage spielen. Die hat sogar 'ne Kamera.«

Kopfschüttelnd leerte ich den Pappbecher. »Ich bin schon froh, wenn unsere Gegensprechanlage überhaupt funktioniert. Legen wir los?«

Voller Tatendrang klatschte Basti in die Hände. »Ich hole die Möbelkartons, du liest die Montageanleitungen, okay?«

»Umgekehrt macht wohl keinen Sinn.« Ich lächelte schief, und jetzt war es Basti, der sich an meinem Nacken zu schaffen machte.

»Du hast den Verstand, und ich hab die Muskeln.« Er schob mich vor sich zurück in die Wohnung. »Komm mit, du darfst den Aufzugknopf drücken.«

Eingewickelt in eine himmelblaue, bis zum Kinn hochgezogene Decke, kauerte Sophie im alten Ohrensessel ihrer Oma und schlief. Das Monstrum war viel zu groß für unser kleines Wohnzimmer, das mir nach den paar Stunden, die ich in Bastis Penthouse zugange gewesen war, noch winziger erschien als sonst. Der beleuchtete Plastikbaum tauchte den Raum in gedämpftes Licht, und wie immer in den letzten Wochen lief Mariah auf Repeat. Ein paar Takte stand ich einfach nur da und betrachtete Sophie, der man mit fledermaushohen Tönen *Silent Night* als Schlaflied sang. Behutsam, um sie nicht zu wecken, schob ich meine Hände unter die Decke, um sie ins Bett zu tragen, aber entweder war sie schwerer geworden oder mir fehlte noch immer einiges meiner früheren Kraft. Ich schwankte, und Sophie riss erschrocken die Augen auf. Sie setzte zu einem Schrei an, der aber im Ansatz verpuffte, als sie begriff, dass kein Eindringling sie verschleppte, sondern nur ich es war, der sie ziemlich wackelig auf Händen trug.

»Ich bringe dich ins Bett«, flüsterte ich und machte wenig vertrauenserweckende Schritte Richtung Tür. Instinktiv schlang Sophie die Arme um meinen Hals, als fürchtete sie, fallengelassen zu werden. Was niemals passieren würde. Ich verstärkte meinen Griff und küsste ihre Schläfe, auf der das Blumenmuster des Sessels Abdrücke hinterlassen hatte. »Wir sind fast da.« Wie gut, dass unsere Wohnung so klein war. In Bastis Penthouse hätte ich es nicht von einem Ende zum anderen geschafft.

»Wie spät ist es?«, nuschelte sie schlaftrunken.

»Ziemlich spät.«

»Mit was hat Basti dich denn so lange in Beschlag genommen?« Alles, was sie wusste, war, dass Basti mich für eine *geheime Mission* zu sich beordert hatte.

»Eigentlich ist es ein Geheimnis.« Vorsichtig ließ ich sie aufs Bett gleiten.

»Ach so.« Schon fielen ihre Augen wieder zu.

»Ach so?«, wiederholte ich verblüfft. »Mehr nicht?«

»Wieso?« Sophie gähnte herzhaft. »Du hast ein Geheimnis, und ich akzeptiere das.«

»Aber wir haben nie Geheimnisse voreinander. Außerdem bist du der neugierigste Mensch, den ich kenne, abgesehen von meiner Mutter, und ich habe fest damit gerechnet, dass du mich löcherst.«

»Würdest du dich denn löchern lassen?« Sie lüpfte das rechte Augenlid einen winzigen Spalt.

Wusste ich's doch. »Nur wenn du mir versprichst, es für dich zu behalten.« In Wirklichkeit brannte ich darauf, ihr davon zu erzählen.

Aber sie schüttelte den Kopf. »Es ist okay, Geheimnisse zu haben.« Der Spalt zwischen ihren Lidern, den ich für neugieriges Blinzeln gehalten hatte, schloss sich wieder.

Während ich darüber nachdachte, ob das wirklich okay war, tauchte aus dem Nirgendwo eine Frage auf, die sich breitbeinig zwischen uns drängte. »Hast du denn welche?«

Sophie machte keine Anstalten, das Hindernis aus dem Weg zu räumen. »Ich bin wirklich müde«, seufzte sie und rollte in die Mitte des Bettes. Die Spitzen ihrer langen Haare wanden sich in einem sanften Bogen über das Kissen.

Weil ich Geheimnisse scheiße fand, durchlöcherte ich meines, obwohl Sophie sich offenbar kein bisschen dafür interessierte. »Basti hat seinem Vater im Mainviertel ein Penthouse abgequatscht. Ein Riesending mit Dachterrasse und eigenem Aufzug.« Aber der Aufzug beeindruckte sie nicht im

Geringsten, zumindest regte sie sich nicht. Bereitwillig schaufelte ich weitere Details des Geheimnisses frei. »An Weihnachten will er Milla damit überraschen. Wir haben heute einen Schneidertisch aufgebaut, den er besorgt hat, dazu noch ein paar Regale für Stoffe und solchen Kram.« Behutsam berührte ich ihre Schulter. »Milla wird begeistert sein, meinst du nicht?«

»Begeistert, dass sie in eine Wohnung einziehen soll, die sie nie zuvor gesehen hat?« Sophie fuhr herum, plötzlich kein bisschen müde, sondern merkwürdig aufgebracht. »Ich an ihrer Stelle wäre stinksauer. Was, wenn sie keinen Bock auf Penthouse, Aufzug und Dachterrasse hat? Vielleicht bevorzugt sie ja Altbau und Parterre? Das ist eine dieser typischen übergriffigen Basti-Aktionen, und ich kann nicht glauben, dass du ihn dabei auch noch unterstützt hast!«

»Wieso übergriffig? Er will doch nur, dass Milla ...«

»Niemand will, dass über den eigenen Kopf hinweg entschieden wird, das solltest du eigentlich wissen. Deine Mutter meint es auch immer nur gut, und du bist selten begeistert. Wieso fragt ihr nicht erst mal, was andere wollen, bevor ihr für uns entscheidet?«

»Wir?« Mit einem Mal saß ich neben Basti und meiner Mutter auf der Anklagebank und wurde eines Verbrechens am heiligen Gut der Selbstbestimmung beschuldigt. »Wann habe ich denn etwas über deinen Kopf hinweg entschieden?«

Ihre Antwort kam prompt. »Die Weihnachtssache?«

»Ich dachte, wir hätten das geklärt.« Fälschlicherweise war ich davon ausgegangen, dass sich Sophie ebenso nach Weihnachten zu zweit sehnte wie ich. Das tat sie zwar, aber nicht mit mir. Ich kam in ihren Plänen erst am späten Abend vor. »Du gehst Eislaufen, und ich fahre zu meinen Eltern.« Nichts an diesen Plänen gefiel mir, aber das behielt ich für mich. »Ich gönne dir deinen Spaß auf der Eisbahn. Wirklich.« Konzentriert versuchte ich, den angespannten Zug auf ihren Lippen wegzustreicheln, fuhr mit der Fingerspitze ihren Mundwinkel entlang, weiter zur Wange, wo das erbsengroße Grübchen zu

Hause war, wenn sie lächelte. Aber sie lächelte nicht. »Das wird bestimmt lustig. Und ich verspreche dir, mich um jede Prellung zu kümmern, die du mit nach Hause bringst. Du weißt ja, ich hab reichlich Erfahrung mit Sportverletzungen und bin sehr geschickt im Umgang mit Coolpacks und Voltaren.«

»Das ist nicht witzig«, sagte Sophie ernst und legte den Kopf zurück aufs Kissen. »Auf diese Erfahrung hätten wir alle gern verzichtet.«

»Ich weiß.« Das Thema war immer ein Stimmungskiller. Umso dringender brauchte ich ein verdammtes Lächeln. Ich musste mich vergewissern, dass wir nicht gerade über Fragen zur Selbstbestimmung, getrennte Weihnachtspläne und meine Mithilfe bei Bastis Überraschung stolperten. Denn wer erst mal ins Stolpern geriet, drohte zu fallen. Ich wollte nicht fallen. Nicht mit Sophie. Überhaupt nicht mehr. »Mir ist wichtig, was du willst. Mehr, als du glaubst.«

»Gut«, erwiderte sie knapp. »Was ich will, ist endlich weiterschlafen.«

Ich legte mich so dicht neben sie, dass ich ihren warmen Atem über mein Gesicht streifen spürte und flüsterte: »Ist alles okay zwischen uns?«

»Alles okay«, erwiderte sie leise, und ich wünschte, es hätte weniger angestrengt geklungen.

Kapitel 23 Jakob

Sonntag, 24. Dezember

Ich barg gerade das Hirschfleisch aus der Marinade, als ein spitzer Aufschrei aus dem Wohnzimmer in die Küche jagte. Es klang nicht nach Entzücken oder freudiger Überraschung, und selbst wenn, hätte mich der Laut irritiert. Tilda neigte nicht zu schrillen Geräuschen dieser Art. Es musste etwas passiert sein.

Vorsichtig übergab ich den Hirsch in die Obhut des Küchenkrepps und lief ins Wohnzimmer. Dabei malte ich mir aus, was beim Schmücken eines Weihnachtsbaums passieren konnte. Das schlimmste Szenario, meine Tochter unter selbigem begraben, schien mir in Anbetracht der Größe der Tanne unwahrscheinlich. Und tatsächlich, der Baum stand stramm und aufrecht wie ein Soldat beim Morgenappell, als ich das Zimmer betrat. Tilda kniete auf dem Boden, die Hände wie zum Gebet in den Schoß gelegt, was weitaus verstörender war als ihr Schrei. In unserem Haus wurde nicht gebetet. Erst auf den zweiten Blick sah ich, dass sie weinte. Vor ihr lagen hauchfeine Splitter einer roten Glaskugel.

»Was ist passiert?«, fragte ich überflüssigerweise.

Tilda fuhr herum und deutete schuldbewusst auf die Scherben. »Ich dachte, sie hängt sicher am Baum, aber …«

Ich winkte ab. »Es ist nur eine alte Kugel.«

»Es ist nicht einfach nur eine alte Kugel«, wimmerte sie verzweifelt. »Sondern *ihre* alte Kugel!«

Ich wich zurück. Immerzu erfand sie diese Geschichten über ihre Mutter, dichtete dem Buch ihrer Kindheit neue Kapitel hinzu, schmückte aus, ergänzte Bilder und Anekdoten. Je eiserner ich über Vergangenes schwieg, desto schillernder und bunter wurden Tildas Legenden. Anfangs war ich erleichtert, dass sie die Lücken ihrer Erinnerung selbst füllte, ohne dass ich etwas preisgeben musste. Doch als ihre Geschichten immer fantastischer, der Blick in die Vergangenheit zunehmend verklärter wurden, hatte ich den Zeitpunkt verpasst, diesem Treiben Einhalt zu gebieten. Mit folgenschweren Konsequenzen, wie sich nun zeigte. Tilda verging sich in Vorwürfen, eine von Astas kostbaren Kugeln zerstört zu haben. Beinahe hätte ich ihr die nüchterne Wahrheit über die Kugeln erzählt. Nicht ihre Mutter, sondern ich hatte sie gekauft, zusammen mit zwei Julböcken, ein Hauch von weihnachtlichem Putz in meinem karg möblierten Zimmer, in dem wir unser erstes gemeinsames Weihnachtsfest gefeiert hatten. Aber Asta hatten die Kugeln nie gefallen, lediglich die beiden Böcke aus Stroh hatten ihr ein winziges Lächeln und ein mit hinreißendem Akzent versetztes Flüstern entlockt: »Wie bei uns in Schweden.« Ich erzählte Tilda nichts von alldem, auch nicht, dass sich Astas Heimweh bittersüß mit unserem kleinen Glück vermischt hatte, von dem wir tranken, bis uns schwindelig wurde.

Tilda wischte mit dem Ärmel über ihr tränenfeuchtes Gesicht. Ihre Augen glänzten wie schwarze Tinte.

Schnell lenkte ich den Blick zur Schrankwand und wechselte das Thema. »Ich glaube, der Hirschbraten wird gut gelingen.«

Aus den Augenwinkeln sah ich, wie Tilda aufschnellte und ohne ein Wort den Raum verließ. Ich sammelte die Scherben auf und entsorgte sie in der Küche, wo der Hirsch geduldig auf mich wartete.

»Hat etwas länger gedauert«, entschuldigte ich mich, aber er nahm es mir nicht übel. Ich erhitzte Butter, fischte das Knollengemüse aus der Schüssel mit der Marinade und warf es in den Bräter. Bald schon würden mir die Röstaromen von Zwiebeln, Sellerie und Karotten in die Nase steigen. Zur Überbrückung kostete ich einen Schluck Rotwein, der für die Soße gedacht war. Ein zweiter Schrei gellte durchs Haus.

Weniger schrill diesmal, eher ein Wehklagen. Diesmal sorgte ich mich nicht, war doch beim ersten Mal auch nicht mehr passiert als eine zerbrochene Kugel. Kaum hatte ich den Gedanken zu Ende gedacht, stand Tilda plötzlich in der Küchentür, blass und zitternd, von ihrem Arm tropfte Blut. In der anderen Hand hielt sie das alte Schnitzmesser aus dem Schuppen. Winzige Partikel der rostigen Klinge säumten die Wunde, die sich vom Handgelenk bis zur Ellenbeuge zog.

Hastig zerrte ich an der Küchenpapierrolle und wickelte das Tuch um Tildas Arm. »Hast du den Verstand verloren?« Meine Stimme klang harsch vor Schreck und Entsetzen. Ich rettete mich in Pragmatismus, stellte den Herd aus und lief hinaus, um den Verbandskasten aus dem Wagen zu holen. Mein letzter Erste-Hilfe-Kurs lag Jahre zurück, aber der provisorische Druckverband stillte die Blutung. Der Schnitt war zwar lang, aber nicht sehr tief, mit etwas Glück würde nur eine dünne Narbe zurückbleiben. Trotzdem drängten sich Bedenken heran, die den Klang von Hildchens Stimme hatten.

Das sollte sich ein Arzt ansehen. Vielleicht muss die Wunde genäht werden. Das war ein Hilferuf, Jakob.

Ich schob sie alle beiseite. Besonders den letzten. Trotzdem beobachtete ich Tilda aufmerksam. Sie war vollkommen ruhig, weinte nicht, obwohl die Wunde sicher schmerzte. Als hätte sie sich selbst zur Ader gelassen, damit abfließen konnte, was sich in ihr staute. Ein Kummer, dessen Beschaffenheit ich nur erahnte. Ich vermutete, dass er die Kontur ihrer Mutter hatte.

»Ausgerechnet ein Messer«, murmelte ich, und Tilda sah mich fragend an. Ich half ihrem Gedächtnis auf die Sprünge.

»Die Reifen.« Nun war sie es, die den Blick senkte. »Ich kann mich darum kümmern«, bot ich an, ohne zu wissen, wie man solche Sachen anging. Mit der Direktorin sprechen schien mir ein erster Schritt zu sein. »Nach den Ferien werde ich mich mit der Schule in Verbindung setzen.«

»Nein«, widersprach sie leise. »Ich kann das selbst regeln.«

Kann sie nicht!, rief Hildchen. *Das ist deine Aufgabe als Vater!*

Hin- und hergerissen zwischen Vaterpflicht und der Erleichterung, dass Tilda sich der unangenehmen Angelegenheit selbst annehmen wollte, vergewisserte ich mich, ob sie dazu in der Lage war. »Bist du dir sicher?«

Tilda nickte, und die Erleichterung gewann die Oberhand.

»Wie du meinst.« Trotzdem spürte ich einen Anflug väterlicher Fürsorge und führte sie an ihrem unversehrten Arm ins Wohnzimmer. »Vielleicht solltest du dich ein bisschen ausruhen. Und sicherheitshalber nichts mehr anfassen.« Vor allem keine Schnitzmesser. Widerstandslos ließ sich Tilda zum Sofa lotsen und zuckte kurz, als unter meinem Pantoffel eine vergessene Scherbe knirschte. Ich knipste die Lichterkette des Bäumchens an und schob die Fernbedienung in Tildas Hand. »Vielleicht läuft ja ein netter Film.« Unbeholfen breitete ich die karierte Decke über ihre Beine. Lichterkette, eine warme Decke und Fernsehen. Mehr konnte ich nicht tun.

Über den Bildschirm flimmerte das Bild eines rot-weißen Holzhauses, aus dem ein brüllender blonder Mann im gestreiften Schlafanzug rannte, der einen kleinen Jungen mit Schiebermütze auf einen Holzschuppen zujagte. Das fehlte gerade noch. Ein schwedischer Kinderfilm.

Schnell kehrte ich zu meinem Hirsch zurück, der trocken und grau verfärbt darauf wartete, endlich angebraten zu werden. »Jetzt aber«, gab ich mich zuversichtlich, doch bevor es der Hirsch in den Bräter schaffte, klingelte es.

Schimpfend ging ich zur Haustür und riss sie auf. »Du?«

»Natürlich ich!« Hildchen kam jedes Jahr an Heiligabend, vielleicht aus Mitleid, vielleicht aus christlicher Nächstenliebe, ganz sicher aber einer Zuneigung wegen, die nie viele Worte gebraucht hatte.

Der *Zwischenfall* mit Tilda, denn mehr war es nicht, hatte mich Hildchens Besuch völlig vergessen lassen. Nun aber stand sie vor mir, im dunklen Mantel mit Pelzkragen, der die gleiche Farbe hatte wie ihr mütterlich geföhntes Haar. Außerhalb des Büros roch sie anders. Nach ihrem Mann, wie ich mir einbildete. Ihre Stimme aber klang wie immer.

»Fröhliche Weihnachten, mein Lieber!«, trällerte sie und hielt mir eine Tupperbox entgegen. »Lussekatter. Ganz frisch.«

Die Büchse der Pandora.

Abwehrend hob ich die Hände. Hildchen durchschaute den Zusammenhang zwischen meiner Reaktion und dem schwedischen Gebäck, zeigte aber keinerlei Verständnis. »Herrgott, Jakob, stell dich nicht so an! Es ist nur Hefegebäck. Tilda wird sich freuen.«

Das war ja das Problem. Vermutlich verbuchte sie es als Wink des Schicksals, dass man ihr zum schwedischen Kinderfilm auch noch das traditionelle Safrangebäck reichte.

Geduldig wartete Hildchen, hereingebeten zu werden. Weil die heimliche Freude über ihr Kommen den Unmut über das unerfreuliche Mitbringsel wettmachte, ließ ich sie eintreten.

»Ich dachte schon, du lässt mich erfrieren.« Sie schüttelte die Kälte ab wie ein Hund Nässe aus seinem Fell. In Wellen wehte mir der fremde Duft entgegen. Als sie den Mantel auszog, löste sich eine übermütige Locke aus der Föhnfrisur und schaukelte mädchenhaft über ihre Stirn.

»Ich muss nach dem Hirsch sehen«, sagte ich hastig und eilte voraus in die Küche, die endlich von den Röstaromen erfüllt war, auf die ich mich schon seit dem Morgen gefreut hatte.

Hildchen folgte mir und inspizierte den trockenen, gräulichen Hirsch. »Der sieht aber nicht sehr gesund aus.«

Ich warf ihr einen vernichtenden Blick zu und löste mit dem Holzspatel einen angebratenen Selleriewürfel vom Topfboden.

Auf Kritik an meinen Kochkünsten reagierte ich bisweilen leicht empfindlich. »Er lag lange im Rotwein.«

Hildchen stellte ihr Mitbringsel auf den Küchentisch und wechselte schnell das Thema. »Wo ist Tilda?« Sie sah sich um, als hätte sich meine Tochter zum Versteckspiel unter dem Tisch oder im schmalen Spalt zwischen Kühlschrank und Wand verkrochen.

»In Schweden«, murmelte ich verdrießlich. *Sie hockt mit diesem Michel im Holzschuppen und schnitzt Männchen.* Ich erschauderte beim Gedanken ans Schnitzmesser.

»In Schweden?«

»Das war ein Witz.« Behutsam, als könnte es durch hektische Bewegungen Schaden nehmen, hob ich das Fleisch in den Topf.

Nun war Hildchen ernsthaft besorgt. »Du machst keine Witze, Jakob.« Sie trat zu mir an den Herd, und ich spürte ihre Hand auf dem Rücken. »Ist alles in Ordnung?«

»Natürlich.« Der *Zwischenfall* durfte nicht unnötig mit Bedeutung beladen werden, indem man über ihn sprach. »Wie könnte an Heiligabend nicht alles in Ordnung sein?« Die Frage strotzte vor Sarkasmus, obwohl einen Augenblick lang tatsächlich alles in Ordnung war. Im Bräter brutzelte feinstes Wild, der Rotwein für die Soße atmete in der Flasche, und Hildchens Hand wärmte meinen Rücken.

Sie insistierte nicht weiter, wusste sehr wohl, was in meinem Leben in Ordnung war und wo Chaos herrschte, und fragte stattdessen, wie ich den Braten eingelegt hatte. Wir fachsimpelten eine Weile, Hildchen kostete den Wein und schwärmte von ihrer Enkelin, mit der sie am Morgen die Lussekatter gebacken hatte. Allmählich verschwand der fremde Duft ihres Mannes, und als ich schon fast vergessen hatte, dass es ihn überhaupt gab, verabschiedete sie sich. »Ich muss zurück. Bitte grüß Tilda lieb von mir.«

Kaum war der kleine Polo vom Hof gebraust, entsorgte ich die Lussekatter in der Mülltonne und ging zurück ins Haus, um nach Tilda zu sehen. Auf dem Bildschirm flog mittlerweile ein rothaariges Mädchen auf einem Messingbett durch die Lüfte. Tilda schlief. Der verbundene Arm lag auf der Decke, als gehörte er nicht zu ihr.

Ein wirklich unangenehmer Zwischenfall, dachte ich und stellte den Fernseher aus.

Ein Hilferuf, wiederholte Hildchen. *Um gesehen zu werden.*

Aber ich sehe sie doch, widersprach ich. *Das ist ja das Dilemma.* Denn was ich sah, erinnerte mich jeden Tag mehr an Asta.

Kapitel 24 Elias

Sonntag, 24. Dezember

Sie trug enge Thermounterwäsche, die ihren Hintern betonte, und flocht sich die Haare zum Zopf. Ihr Blick war auf den Spiegel gerichtet, das Becken wiegte hin und her, groovte sich ein wie für einen Abend im Club. Ich lehnte am Türrahmen, war nur ein Zuschauer, der nicht mit von der Partie sein würde. Sophie fixierte den Zopf mit einem Gummi und schlüpfte in Jeans und einen dicken Rollkragenpullover. In den *Circle* würde sie in dem Aufzug nicht reinkommen, aber das war ja auch nicht das Ziel. Sie streckte den Kopf durch den Strickkragen wie eine Schildkröte aus ihrem Panzer, unsere Blicke trafen sich im Spiegel.

»Ach, Elias. Jetzt schau nicht so bedröppelt. Sonst bekomme ich ein schlechtes Gewissen.«

Ich zwang mich zu einem Lächeln. »Besser?«

Sie verdrehte die Augen. »Nein.«

Ich wollte nicht streiten und optimierte mein Lächeln, aber Sophie nahm schon gar keine Notiz mehr davon. Mit einem Ruck stieß ich mich vom Türrahmen ab, zog den festgesteckten Zopf aus dem Kragen und legte ihn über ihre Schulter. »Du bist die Letzte, die ein schlechtes Gewissen haben muss.« Weil sie nun erst recht betreten wirkte, stupste ich aufmunternd meine Nasenspitze gegen ihre. »Ab jetzt geht es nur noch um dich und deine Eiskunstlaufkarriere. In ein paar Jahren werde ich bei den Olympischen Winterspielen auf der Tribüne sitzen und jedem erzählen, dass diese unglaubliche Frau auf dem Eis meine Freundin ist. Damals, an Heiligabend hat sie die ersten Sprünge geübt, und schaut euch an, was aus ihr geworden ist!«

Sophie griff nach ihrem Zopf und wedelte damit über meine Nase wie ein Pferd, das mit dem Schweif eine aberwitzige Fliege vertreiben wollte. »Spinner.«

»Du siehst in den kurzen Kostümen sicher heiß aus.« Wie in allem, was sie trug. Selbst in Jeans und Strickpullover. Trotzdem oder gerade deswegen wollte ich sie am liebsten ausziehen, aus ihrer Verpackung schälen wie ein Geschenk. Das kostbarste, das ich jemals bekommen hatte. Aber sie drängte zum Aufbruch.

»Ich muss los. Viel Spaß bei deiner Familie. Und versprich mir, nicht mit Lea aneinanderzurasseln. Schließlich ist Heiligabend, das Fest der Liebe und des Friedens. Versau ihr das nicht.« Wieder landete ihr Zopf neckend in meinem Gesicht. Sofort hatte ich den Duft ihres Shampoos in der Nase.

»Du riechst gut«, flüsterte ich und zog sie an mich.

»Versprich es mir!«

Ich vergrub das Gesicht an ihrem Hals. »Versprochen.«

Sie gab mir einen Klaps auf den Hintern und grinste. »Mach dir keine Hoffnungen, ich werde mich auf keinen Fall für einen Quickie aus dieser verflixt engen Thermounterwäsche quälen, nachdem ich so viel Mühe hatte, die Jeans darüber zu ziehen.«

Bevor ich ihr anbieten konnte, das Ausziehen für sie zu übernehmen, piepste das Handy in meiner Hosentasche. Dreimal hintereinander. Das klang dringend. Sophie nutzte meine Unaufmerksamkeit, um sich zu befreien. Sie lief in den Flur und warf mir einen Abschiedskuss zu.

Ich folgte ihr und checkte gleichzeitig mein Telefon. »Hey, warte! So geht das nicht! Mit läppischen Handküssen kannst du, wenn das mit den Olympischen Spielen klappt, deine Fans abspeisen, aber nicht mich.«

Auf dem Display ploppten drei Fotos auf. Das erste zeigte eine winzige Milla in einem riesigen Penthouse. Auf dem zweiten stützte sie sich mit ungläubigem Strahlen in den Augen auf den riesigen Tisch, der für ihre Nähmaschine vorgesehen war. Zwei Lichterketten, die ich – ohne zu fragen – von meiner Mutter geborgt hatte, waren kunstvoll um die Tischbeine geschlungen. Das Foto würde ich Lea zeigen, falls die Sprache auf die fehlenden Lichterketten kommen würde. Niemand konnte ernsthaft wütend auf unerlaubtes Entfernen von Weihnachtsbeleuchtung sein, wenn es einem höheren Zweck diente. Auf dem letzten Bild, einem Selfie, lächelte Basti breit in die Kamera. Er trug einen albernen Haarreif mit Rentiergeweih, der halb in der Stirn hing, und signalisierte mit dem Tauchzeichen für *OK*, dass alles in Ordnung war.

Ich zeigte Sophie die Fotos. »Sieht so aus, als hätte Milla gegen ein Penthouse mit Aufzug nichts einzuwenden.«

Sie stülpte sich die Mütze mit der riesigen Bommel über, die fast so groß war wie ihr Kopf und inspizierte aufmerksam die Bilder. Als eine Nachricht piepste, las sie laut vor. »*Alter, sie hat Ja gesagt.*«

Im ersten Moment war ich mir nicht sicher, ob Basti Milla nur gefragt hatte, ob sie zusammenziehen wollten, oder ob er sich im Eifer des Gefechts zu einer Frage von weit größerer Tragweite hatte hinreißen lassen. Sophie hatte den gleichen Gedanken und zwängte stöhnend ihre dicken Socken in die Stiefel.

»Bitte sag mir, dass er ihr keinen Heiratsantrag gemacht hat!«

Ich zuckte die Schultern. »Bei Basti weiß man nie … Wäre das denn so schlimm?«

Sie bedachte mich mit einem Blick, als hätte ich die Grundzüge des Lebens nicht verstanden. »Ja, verdammt. Wir sind Anfang Zwanzig, Elias, da gibt man keine Versprechen, die für den Rest des Lebens gelten. Wir müssen uns ausprobieren, Fehler machen, die Welt entdecken und herausfinden, wer oder was wir sein wollen.«

Wir, raunte dieselbe unangenehme Stimme, die mir schon vor zwei Tagen geflüstert hatte, dass wir nicht über andere, sondern über uns sprachen. »Das eine schließt das andere nicht aus«, gab ich zu bedenken. »Nichts spricht dagegen, sich gemeinsam auszuprobieren und die Welt zu entdecken.«

Mit einem belustigten Schnauben nahm sie ihre Jacke vom Haken, schob die Arme hinein und schloss mit einem resoluten Ratschen den Reißverschluss. »Wir haben ja noch nicht mal Thailand geschafft.« Sofort biss sie sich auf die Unterlippe.

Es lag in ihrer Natur, dass die Worte manchmal vorschnell aus ihr heraussprudelten, als hätte sie ein bisschen zu viel Kohlensäure im Kopf. So war sie schon als Vierzehnjährige gewesen, als ich mich, berauscht von der Kohlensäure, in sie verliebt hatte. Erst viel später hatte sie sich, wie alle anderen, diesen beschissenen Filter angeschafft, der rücksichtsvoll aussortierte, was man mir zumuten konnte und was nicht.

»Nicht, dass mir das was ausmacht, ich meine, es gab einen guten Grund …«

»Wir werden nach Thailand fliegen, Sophie«, versicherte ich ihr, »so wie wir es immer geplant haben. Mit durchtanzten Nächten in Bangkok, Tempelbesuchen, Inselhopping und einer Full Moon-Party auf Koh Phangan. Am besten gleich Anfang des Jahres noch vor der Monsunzeit im Mai.«

Sie bewegte die Lippen, aber diesmal blieben die Worte im Filter stecken. In ihrer dicken Wintermontur begann sie zu schwitzen, feine Schweißperlen wuchsen auf ihrer Oberlippe. Mit dem Daumen strich ich sie weg. Wenn sich doch nur alles so leicht wegwischen ließe.

»Jetzt gehst du erst mal Pirouetten drehen, und ich versuche, mich zeitig bei meinen Eltern abzuseilen, damit ich schon hier bin, wenn du kommst. Und dann fangen wir sofort an, die Reise zu planen. Okay?«

»Ich bin mir gar nicht mehr so sicher wegen Thailand«, sagte sie zögerlich.

»Was?«, frage ich perplex. »Wieso denn nicht?«

»Rebekka war schon einige Male dort und meint, die Inseln sind gnadenlos überrannt. Aber Bali soll zauberhaft sein, sagt sie, jede Menge unberührte Natur und es gibt großartige Wandermöglichkeiten. Den Vulkan Gunung Agung zum Beispiel kann man über verschiedene Routen besteigen, und die Aussicht ist bombastisch. Genau wie die Unterwasserwelt, ein einziges Paradies zum Schnorcheln. Außerdem gibt es kaum Clubs und Partys, alles ist viel ruhiger und entspannter als in Thailand.«

Es war mir neu, dass Sophie sich für Unterwasserwelten begeisterte und ihr Entspannung wichtiger war als eine solide Beachparty.

»Okay … Das kommt überraschend … Aber ich bin natürlich offen für alles«, stotterte ich, war mir bei der Vulkanbesteigung aber nicht ganz sicher. »Du entscheidest, wohin die Reise geht, egal ob Thailand, Bali oder Castrop-Rauxel.«

»Castrop-Rauxel?« Sophie lachte und fächelte sich Luft zu.

»Die beleuchteten Fördertürme der stillgelegten Zeche muss man gesehen haben.«

»Ich kann es kaum erwarten.« Ungeduldig trat sie von einem Fuß auf den anderen. »Apropos warten: Lass dir bei deinen Eltern ruhig Zeit. Rebekka und ich wollen nach der Eisbahn noch irgendwo eine Kleinigkeit essen gehen. Falls wir an Heiligabend überhaupt einen Platz bekommen. Ich bin erst zurück, wenn ihre Nachtschicht beginnt.«

»Klar.« Ich winkte ab, als wäre es selbstverständlich, meine Freundin nach dem Dienstplan einer Fremden zu teilen. »Dann verschieben wir das Reisepläneschmieden auf morgen. Ich backe einen Apfelkuchen zum Frühstück.«

Sophie zögerte erneut.

»Was?«, fragte ich und versuchte, es wie einen Scherz klingen zu lassen. »Willst du auch noch bei Rebekka übernachten und dort frühstücken?« Ich lachte, und Sophie stimmte nervös mit ein.

»Quatsch. Es ist nur …« Wieder zerkaute sie Worte auf ihrer Lippe, ein sicheres Zeichen, dass der Filter aktiv war.

»Sag schon. Ich kann die Wahrheit vertragen.«

Sie gab sich einen Ruck. »Dein Apfelkuchen … Ich weiß, das Rezept deiner Oma ist dir heilig, aber eigentlich hasse ich Apfelkuchen.«

»Seit wann?«, fragte ich ehrlich verblüfft.

»Schon immer. Aber weil er dir so viel bedeutet, hab ich mich nie getraut, es dir zu sagen.«

Erschüttert, wie wenig man doch im Grunde über einen Menschen wusste, den man glaubte, in- und auswendig zu kennen, hielt ich ihr die Tür auf. »Du kannst mir alles sagen, Sophie. Selbst die ernüchternde Wahrheit über deine Abneigung gegen Apfelkuchen.«

Sie lächelte erleichtert, streckte sich auf die Zehenspitzen und verabschiedete sich mit einem Kuss, einem richtigen, der nach Beeren und Vanille schmeckte und die raunende Stimme für einen Augenblick verstummen ließ. »Marmeladentoast und Kaffee zum Frühstück reichen völlig.« Dann drehte sie sich zur Treppe und sprang die Stufen hinunter. Die monströse Bommel auf ihrem Kopf hüpfte, als führte sie ein Eigenleben.

Ich sah ihr nach, bis sie verschwunden und nur noch das immer leiser werdende Federn ihrer Schritte zu hören war.

»Bali«, murmelte ich kopfschüttelnd und schloss die Tür.

Wann genau war Sophie auf dem Weg zu ihrer Traumreise, von der sie sprach, seit ich sie kannte, eigentlich Richtung Bali abgebogen? Warum hatte ich nichts davon gemerkt? Und wie zum Teufel konnte man keinen Apfelkuchen mögen?

Ich musste dringend Antworten auf all diese Fragen finden und unbedingt herausbekommen, was es mit diesem unheimlichen Raunen auf sich hatte, dass sich neuerdings immer wieder in unsere Gespräche schlich. Aber zunächst einmal hatte ich das Versprechen zu halten, das Sophie mir abgerungen hatte. Zum Glück galt es nur für den heutigen Tag und nicht für den Rest meines Lebens.

Elias
Frohe Weihnachten, Mama.
Ich fahre jetzt los.
Bis gleich, ich freu mich.

24 Rezepte

1. Birnen-Lebkuchen-Marmelade

Zutaten

1 kg Birnen
100 ml frisch gepresster Zitronensaft
2 TL Lebkuchengewürz
500 g Gelierzucker 2:1

Zubereitung

Birnen waschen und schälen. Für eine stückige Marmelade die Früchte in kleine Würfel schneiden, für eine feine Marmelade pürieren. Birnen mit Gelierzucker in einem Topf mischen und langsam erhitzen. Zitronensaft und Lebkuchengewürz unterrühren, die Masse 5 Minuten sprudelnd kochen und in sterilisierte Gläser abfüllen.

2. Vegane Heinerle

Zutaten

250 g Kokosfett
250 g Zartbitterschokolade
200 g Puderzucker
4 veganer Eiersatz (in Pulverform)
2 Pck große eckige Backoblaten (10 St., 120 x 200 mm)

Zubereitung

Kokosfett und Schokolade in grobe Stücke hacken und in einer Schüssel über dem warmen Wasserbad schmelzen lassen. Erst Zucker unterrühren, dann nach und nach Eiersatz zugeben und vorsichtig mit dem Handrührgerät über dem Wasserbad aufschlagen. Die Masse kurz erhitzen und vom Herd nehmen. Sobald sie abgekühlt, aber noch streichfähig ist, für 30 Minuten in den Kühlschrank stellen.

Zum Schichten die erste Oblate dünn mit der gekühlten Schokocreme bestreichen, die zweite Oblate auflegen und leicht andrücken. Die zweite Oblate bestreichen und mit einer dritten Oblate belegen – nach diesem Prinzip weiterverfahren, bis zehn Oblaten aufeinandergeschichtet sind. Die oberste Oblate wird nicht bestrichen. Den geschichteten Stapel in Frischhaltefolie wickeln, mit einem Gewicht (z. B. Holzschneidebrett) beschweren und über Nacht in den Kühlschrank stellen. Am nächsten Tag in kleine Rauten schneiden.

Die Heinerle luftdicht verpackt im Kühlschrank aufbewahren.

3. Tacos

Zutaten (für 12 Tacos)

500 g	Hackfleisch oder vegane Hackfleischalternative
1	Zwiebel
2	Knoblauchzehen
2	EL Olivenöl
	je nach Geschmack Salz, Pfeffer, Paprikagewürz, Kreuzkümmel, Chiliflocken
100 g	Reibekäse oder vegane Reibekäsealternative
12	Salatblätter
2	Tomaten
2	Avocados
200 g	Joghurt oder vegane Joghurtalternative
1 EL	Zitronensaft
1 EL	Agavendicksaft
	je nach Geschmack Salz, Pfeffer, frische Petersilie, frischer Schnittlauch
1 Pck	Tacoshells (12 Stück)

Zubereitung

Olivenöl in einem Topf erhitzen, Zwiebeln und Knoblauch klein schneiden und anbraten. Fleisch oder Fleischalternative zugeben und anbraten, je nach Geschmack mit Salz, Pfeffer, Paprika, Kreuzkümmel und Chiliflocken würzen. Käse einstreuen und schmelzen lassen. Zur Seite stellen und warm halten.

Salatblätter, Tomaten und Avocados waschen, bis auf den Salat in kleine Würfel schneiden.

Joghurt mit Zitronensaft und Agavendicksaft verrühren, je nach Geschmack mit Salz und Pfeffer würzen und kleingeschnittene Kräuter zufügen.
Tacoshells nach Zubereitungsanweisung kurz im Backofen erwärmen, mit Salatblatt auslegen und mit Fleisch, Gemüse und Joghurtsoße füllen.

4. Baguette mit Kräutern und Chili

Zutaten (ergibt zwei kleine Baguettes)

10 g frische Hefe
300 ml lauwarmes Wasser
380 g Weizenmehl
1 Prise Zucker
1 Prise Salz
3 EL je nach Geschmack getrockneter Thymian, Oregano, Basilikum, Rosmarin
2 EL Chili

Zubereitung

Hefe mit Zucker im lauwarmen Wasser auflösen. Mehl, Salz, getrocknete Kräuter und Chili zufügen und mit einem Holzlöffel verrühren, bis sich eine homogene Masse bildet. Die Schüssel mit einem Küchentuch abdecken und 2 Stunden an einem warmen Ort gehen lassen, bis sich der Teig verdoppelt hat.

Arbeitsplatte großzügig mit Mehl bestäuben, Teig daraufgleiten lassen und ebenfalls mit Mehl bestäuben. In zwei gleich große Portionen teilen, zu Baguettes formen, vorsichtig auf ein mit Backpapier ausgelegtes Backblech legen und in den auf 210 °C Umluft vorgeheizten Ofen schieben. Für eine krosse Kruste hitzebeständigen Topf mit Wasser füllen und mit in den Ofen stellen. In 20 Minuten goldbraun backen. Auf einem Kuchengitter auskühlen lassen.

5. Kürbissuppe

Zutaten

1 kg Hokkaido-Kürbis
2 rote Zwiebeln
3 Knoblauchzehen
1 EL Olivenöl
2 cm Ingwer
1 l Gemüsebrühe
200 ml Kokosmilch
1 TL Curry
1 TL Kurkuma
je nach Geschmack Salz, Pfeffer und Chiliflocken

Zubereitung

Olivenöl in einem Topf erhitzen, Zwiebeln und Knoblauch klein schneiden und anbraten. Hokkaido-Kürbis waschen, entkernen, in Würfel schneiden und leicht anschmoren. Feingeschnittenen Ingwer hinzufügen, mit Gemüsebrühe sowie Kokosmilch aufgießen und 20 Minuten kochen lassen, bis der Kürbis weich ist. Mit einem Stabmixer die Suppe cremig pürieren und mit Curry, Kurkuma und ggf. Salz, Pfeffer und Chiliflocken abschmecken.

6. Eiweißriegel mit Nüssen

Zutaten (ergibt ca. 12 kleine Riegel)

200 g	feine Haferflocken
50 g	gemahlene Mandeln
60 g	grob gehackte Mandeln
50 g	gemahlene Haselnüsse
2 EL	geschmolzenes Kokosöl
2 EL	Proteinpulver (je nach Geschmack Vanille, Schoko etc.)
160 ml	Hafer-, Soja- oder Mandeldrink

Zubereitung

Alle Zutaten in einer Schüssel vermengen, durchkneten und 10 Minuten ruhen lassen. Teig auf ein mit Backpapier ausgelegtes Backblech geben, mit der flachen Hand zu einem Rechteck formen (ca. 1 cm dick) und festdrücken.

Ca. 10 Minuten bei 175 °C Umluft backen. Blech aus dem Ofen nehmen, auskühlen lassen und in die gewünschte Riegelgröße schneiden.

7. Nussbruchschokolade

Zutaten

500 g	Schokoladennikoläuse (oder andere Schokoladenreste wie Osterhasen, Kuvertüre, etc.)
50 g	gehackte Haselnüsse
50 g	gehackte Mandeln
50 g	gehackte Erdnüsse
50 g	zerkrümelte Butterkekse
1 TL	Fleur de Sel
	je nach Geschmack bunte Streusel, Gojibeeren, Krokant, Mini-Marshmallows etc.

Zubereitung

Schokoladenreste grob hacken und über einem Wasserbad bei niedriger Temperatur schmelzen. Auf ein mit Backpapier ausgelegtes Blech gießen und Nüsse, Mandeln, Kekskrümel und Salz darauf verteilen, solange die Schokolade weich ist. Aushärten lassen und in beliebig große Stücke brechen.

8. Wintersalat

Zutaten

Für den Salat:

250 g Feldsalat
250 g Eichblatt
4 gekochte und geschälte rote Beete
1 Apfel
4 EL Walnusskerne
2 EL gehackte und geröstete Haselnüsse

Für das Dressing:

2 EL Olivenöl
2 EL Zitronensaft
1 EL Agavendicksaft
1 EL Senf
je nach Geschmack Salz und Pfeffer

Zubereitung

Salat waschen und in mundgerechte Stücke zupfen. Rote Beete und Apfel in Würfel schneiden. Haselnüsse ohne Öl in der Pfanne rösten und zur Seite stellen.

Für das Dressing Olivenöl, Zitronensaft, Agavendicksaft und Senf verrühren und mit Salz und Pfeffer abschmecken. Salat, rote Beete und Apfel in einer Schüssel vermengen und Dressing zugeben. Walnusskerne und Haselnüsse über den Salat streuen.

9. Energydrink mit Grünem Tee

Zutaten

250 ml Grüner Tee (z. B. Sencha)
100 ml Obstsaft (z. B. Ananas, Mango, Kirsche)
100 ml Kokoswasser
50 ml Wasser
1 Zitrone (Saft)
1 TL Agavendicksaft oder Süßungsmittel nach Wahl
Eiswürfel

Zubereitung

Grünen Tee zubereiten (250 ml Wasser aufkochen, kurz abkühlen lassen und mit 2 EL losem Tee oder 2 Teebeuteln aufgießen, drei Minuten ziehen und vollständig erkalten lassen). Zitrone pressen, mit kaltem Tee mischen und mit Obstsaft, Kokoswasser und Wasser aufgießen. Mit Eiswürfeln genießen.

10. Parmigiana di Melanzane

Zutaten

2	Auberginen
2	Knoblauchzehen
1	Zwiebel
800 g	gehackte Tomaten aus der Dose
200 g	Mozzarella oder veganer Mozzarellaersatz
50 g	frisch geriebener Parmesan oder veganer Parmesanersatz
2 EL	Oregano
2 EL	Rosmarin
2 EL	Thymian
2	Handvoll frischer Basilikum
4 EL	Olivenöl
	je nach Geschmack Salz, Pfeffer und Zucker (für die Tomaten)

Zubereitung

Auberginen waschen und in 0,5 cm dicke Scheiben schneiden. Von beiden Seiten salzen und 10 Minuten ziehen lassen.

Olivenöl in einem Topf erhitzen, Zwiebeln und Knoblauch kleinschneiden und anbraten. Gehackte Tomaten zugeben, mit Salz, Pfeffer und Zucker würzen und aufkochen lassen. Tomatensoße bei mittlerer Hitze 20 Minuten einkochen.

In einer Pfanne den Rest Olivenöl erhitzen und trockengetupfte Auberginenscheiben bei mittlerer Hitze von beiden Seiten goldbraun braten.

Mozzarella in dünne Scheiben schneiden, Parmesan reiben und beides zur Seite stellen. Alle Zutaten in einer geölten Auflaufform schichten, mit Aubergine beginnen, gefolgt von Tomatensoße und Mozzarella. Als letzte Schicht Tomatensoße verteilen und mit Parmesan bestreuen.

Im Backofen bei 160 °C Umluft 20 Minuten backen.

Den Auflauf abkühlen oder ganz erkalten lassen und mit Basilikum bestreuen.

11. Gebrannte Mandeln

Zutaten

200 g Mandeln
200 g Zucker
100 ml Wasser
je nach Geschmack Zimt oder Vanille (gemahlen)

Zubereitung

Wasser, Zucker und Zimt oder Vanille in eine Pfanne geben und bei mittlerer Hitze zum Kochen bringen. Sobald das Zuckerwasser kocht, Mandeln hinzugeben und weiter köcheln lassen, bis das Wasser verdampft ist. Der Zucker zieht erst dunkle Fäden und wird schließlich krümelig. Pfanne nicht zu heiß werden lassen, da der Zucker sonst verbrennt. So lange rühren, bis der Zucker an den Mandeln kleben bleibt. Sobald der Zucker beginnt, wieder flüssig zu werden, die Mandeln auf einem mit Backpapier ausgelegten Backblech verteilen und abkühlen lassen.

12. Beeren-Vanille-Glühwein

Zutaten

500 ml Kirschsaft
250 ml Cranberrysaft
250 ml Heidelbeersaft
750 ml Rotwein
1 kleines Stück Ingwer
1 Zimtstange
1 Vanilleschote (alternativ 1 TL Vanilleextrakt)
2 Sternanis
2 Nelken
2 EL Agavendicksaft

Zubereitung

Beerensäfte mit den Gewürzen in einem Topf kurz aufkochen und bei mittlerer Temperatur 10 Minuten ziehen lassen. Rotwein und Agavendicksaft dazugeben und vorsichtig erhitzen, ohne zu kochen. Warm genießen.

13. Schlummertee

Zutaten für eine Tasse

1 Beutel Kamillentee (oder die entsprechende Menge losen Kamillentee)

1 EL Apfelessig

1 EL Honig

1 Prise Zimt

Zubereitung

Kamillentee kochen, mindestens 5 Minuten ziehen und abkühlen lassen. Sobald der Tee Trinktemperatur erreicht hat, Apfelessig, Honig und Zimt einrühren und vor dem Zubettgehen warm trinken.

14. Yogakekse

Zutaten

250 g	Haferflocken
100 g	Vollkornmehl
150 g	Kokosblütenzucker
½ TL	Backpulver
50 g	Cranberrys
50 g	Nüsse oder Kerne (z. B. Erdnüsse, Sonnenblumen- oder Kürbiskerne)
1 TL	gemahlener Zimt
1 ½ TL	gemahlene Muskatnuss
1 ½ TL	gemahlener Ingwer
1 Prise	Salz
200 ml	Sonnenblumenöl
200 ml	Wasser

Zubereitung

Alle trockenen Zutaten miteinander vermengen, Öl hinzufügen und verrühren. Zuletzt Wasser hinzugießen und mit der Masse vermischen.

Teig portionsweise auf ein mit Backpapier ausgelegtes Backblech legen, mit den Fingern in Keksform drücken und für ca. 12 Minuten in den auf 200 °C Umluft vorgeheizten Backofen schieben.

Die Kekse sind fertig, wenn sie am Rand leicht goldbraun sind.

Auf einem Kuchengitter abkühlen lassen.

15. Selleriesuppe

Zutaten

500 g	Knollensellerie
100 g	Kartoffeln
1	Zwiebel
2	Knoblauchzehen
1 l	Gemüsebrühe
300 ml	Milch oder veganer Pflanzendrink
1 EL	Sonnenblumenöl
	je nach Geschmack Salz, Pfeffer und Muskatnuss

Zubereitung

Sonnenblumenöl in einem Topf erhitzen, Zwiebeln und Knoblauch klein schneiden und anbraten. Sellerie und Kartoffeln schälen, in Würfel schneiden und braten, bis das Gemüse eine goldbraune Farbe hat.

Mit Gemüsebrühe aufgießen und 15 Minuten köcheln lassen.

Milch oder veganen Pflanzendrink hinzufügen und so lange kochen, bis das Knollengemüse weich ist. Suppe mit dem Stabmixer cremig pürieren und mit Salz, Pfeffer und Muskatnuss abschmecken.

16. Pepparkakor

Zutaten

100 ml	Wasser
250 g	Zucker
50 ml	Ahornsirup
2 TL	Zimt
2 TL	Ingwer
½ TL	Kardamom
½ TL	Piment
100 ml	Wasser
200 g	Margarine
600 g	Weizenmehl
2 TL	Natron

Zubereitung

Wasser mit Zucker, Ahornsirup und Gewürzen aufkochen. Etwas abkühlen lassen und nach und nach die Margarine unterrühren.

Mehl und Natron mischen und zur Zuckermasse geben. Alles zügig zu einem glatten Teig verkneten und über Nacht in den Kühlschrank stellen.

Am nächsten Tag den Teig dünn auf einer mit Mehl bestäubten Arbeitsplatte ausrollen und mit Plätzchenausstechern beliebige Motive ausstechen. Die Pfefferkuchen auf einem mit Backpapier ausgelegten Backblech 10 Minuten auf der mittleren Schiene bei 200 °C Umluft backen. Auskühlen lassen und nach Belieben verzieren.

17. Stockbrot

Zutaten

500 g Mehl
1 Pck Trockenhefe
1 TL Salz
1 Prise Zucker
2 EL Olivenöl
250 ml Wasser
je nach Geschmack frische oder getrocknete Kräuter (z. B. Oregano, Thymian, Rosmarin)

Zubereitung

Mehl, Trockenhefe, Salz, Zucker und ggf. Kräuter miteinander vermengen. Wasser und Olivenöl dazugeben und kräftig kneten. Teig mit einem Tuch abdecken und 45 Minuten an einem warmen Ort gehen lassen, bis sich das Volumen verdoppelt hat. Je nach gewünschter Größe den Teig portionieren, jede Portion zu einer Wurst formen und um die Spitze eines Stocks wickeln. Mit ausreichend Abstand über die Glut des Feuers halten und so lange drehen, bis sich das Stockbrot goldbraun färbt.

18. Apfelpunsch ohne Alkohol

Zutaten

1 l	Wasser
1 l	Apfelsaft
250 ml	Orangensaft
5	Beutel Früchtetee (oder entsprechende Menge losen Früchtetee)
150 g	Rohrzucker
3	Nelken
2	Zimtstangen
2	Sternanis

Zubereitung

Mit dem Wasser einen kräftigen Früchtetee kochen und 10 Minuten ziehen lassen. Apfel- und Orangensaft bei mittlerer Temperatur in einem Topf erwärmen und Zucker unter Rühren darin auflösen. Gewürze und Tee hinzugießen, ziehen lassen und bei Bedarf nachsüßen. Punsch warm halten.

19. Millionaire's Mule

Zutaten

2 cl Gin
2 Ingwerscheiben
2,5 cl Zuckersirup
2 Scheiben Limette
Champagner oder Prosecco zum Auffüllen
Eiswürfel

Zubereitung

Ingwer und Zuckersirup in ein Glas füllen, die Limettenscheiben über der Mischung ausdrücken und hinzugeben. Erst Eiswürfel, dann Gin zufügen und mit Champagner oder Prosecco auffüllen.

20. Falafelwrap

<u>Zutaten</u>

Falafeln:

2	Dosen Kichererbsen
2	Knoblauchzehen
1	Zwiebel
100 g	Kichererbsenmehl (oder alternatives Mehl)
2 TL	gemahlener Koriander
2 TL	gemahlener Kreuzkümmel
1 ½	TL Salz
½	Zitrone (Saft)
1	Handvoll Petersilie (frisch oder getrocknet)

Olivenöl zum Anbraten

Joghurt-Knoblauch-Soße:

200 g	Joghurt oder vegane Joghurtalternative
1	Knoblauchzehe
½	Zitrone (Saft)
	je nach Geschmack Salz, Pfeffer, frische Kräuter (z. B. Petersilie, Schnittlauch, Koriander)

Wrap:

1 Pck	Tortillafladen
1	Salat (z. B. Pflücksalat oder Roma)
2	Tomaten
1	Paprika
½	Gurke
1	Karotte (geraspelt)

Zubereitung

Kichererbsen in einem Sieb abtropfen lassen und gründlich abspülen. Zwiebel und Knoblauch schälen und schneiden. Alle Zutaten (mit Ausnahme des Olivenöls) in ein Gefäß geben und mit dem Stabmixer pürieren. Masse abschmecken und ggf. Salz und Gewürze zufügen.

Olivenöl in einer Pfanne erhitzen. Die Masse zu Bällchen formen und bei mittlerer Hitze von allen Seiten in der Pfanne anbraten, bis sie goldbraun sind.

Für die Soße Knoblauch fein schneiden und mit Zitronensaft, Gewürzen, Kräutern und Joghurt oder veganer Joghurtalternative vermischen.

Salat und Gemüse waschen und klein schneiden. Wrap mit Joghurt-Knoblauch-Soße bestreichen und mit Falafeln und Gemüse belegen. Wrap rollen und genießen.

21. Lebkuchen

Zutaten (ca. 12 Stück)

1	Orange (Bioqualität)
200 g	gemahlene Haselnüsse
200 g	gemahlene Mandeln
2 EL	Apfelmus
1 EL	Ahornsirup
2 TL	Lebkuchengewürz
1 TL	Zimt
200 g	vegane Kuvertüre
1 Pck	runde Backoblaten (50 mm Ø)

Optional:

50 g	Orangeat
50 g	Zitronat
100 g	Marzipan

Zubereitung

Orange waschen, Schale abreiben und Saft auspressen. Ggf. Orangeat, Zitronat und Marzipan klein schneiden und alle Zutaten in einer Schüssel zu einem klebrigen Teig verkneten.
Oblaten auf einem mit Backpapier belegten Backblech verteilen. Aus dem Teig Kugeln formen und jeweils auf einer Oblate flach drücken. Ca. 10 – 15 Minuten im auf 160 °C Umluft vorgeheizten Backofen backen. Auf einem Kuchengitter abkühlen lassen.
Kuvertüre über einem Wasserbad schmelzen und Lebkuchen damit bestreichen.

22. Pumpkin Spice Latte

Zutaten (für zwei Tassen Pumpkin Spice Latte)

Pumpkin Spice Latte:

2 EL Hokkaido-Kürbis-Püree

½ EL Pumpkin-Spice-Gewürzmischung (gekauft oder aus gemahlenen Gewürzen selbstgemacht: 1 TL Zimt sowie je ¼ TL Ingwer, Muskat, Kardamom und Piment)

100 ml frisch gebrühter Kaffee

100 ml Milch oder vegane Milchalternative

Ahornsirup oder Süßungsmittel nach Wahl (z.B. Agavendicksaft, Stevia, Kokosblütenzucker)

Topping:

50 ml Milchschaum, geschlagene Sahne oder vegane Schlagsahnenalternative

Zubereitung

Alle Zutaten im Topf vermischen und bei mittlerer Hitze ca. 2 Minuten simmern lassen.

In eine Tasse füllen, mit Milchschaum oder Sahne garnieren und einem Hauch Gewürzmischung bestäuben.

23. Vegane Lussekatter

Zutaten (12 Stück)

120 ml Mandeldrink
1 Prise Safranfäden (ca. 20 mittelgroße Fäden)
½ Pck frische Hefe
50 g Zucker
500 g Mehl
1 TL gemahlener Kardamom
¼ TL Salz
50 g Margarine (zimmerwarm)
Rosinen
Mandeldrink zum Bestreichen

Zubereitung

Safranfäden mörsern/mit den Fingern zerdrücken und in 2 EL Mandeldrink einweichen. Anschließend mit dem restlichen Mandeldrink aufkochen und abkühlen lassen. Hefe in eine Schüssel zerbröseln, Safranmischung und Zucker unterrühren und beiseite stellen.

Mehl, Kardamom und Salz mischen, aufgelöste Hefemischung hinzufügen und mit einem Holzlöffel verrühren. Portionsweise Margarine hinzufügen und 10 Minuten kräftig kneten. Die Schüssel mit einem Küchentuch abdecken und den Teig 30 Minuten an einem warmen Ort gehen lassen. Erneut kneten und für weitere 30 Minuten gehen lassen.

Teig in 12 Portionen teilen und zu ca. 30 cm langen Strängen formen. Jeden Strang zu einem S drehen und die Enden dabei schneckenförmig einschlagen. Lussekatter auf ein mit Backpapier belegtes Backblech legen und jedes aufgerollte Ende eine Rosine stecken.

Weitere 15 Minuten gehen lassen, dann dünn mit Mandeldrink bestreichen und für ca. 15 Minuten im auf 180 °C Umluft vorgeheizten Ofen backen, bis die Lussekater goldbraun sind. Auf einem Kuchengitter auskühlen lassen.

24. Apfelkuchen

Zutaten

250 g Butter oder vegane Margarine
150 g Zucker
1 Pck Vanillezucker
300 g Dinkelmehl
2 TL Backpulver
3 Eier oder entsprechende Menge Ei-Alternative (z. B. Chiasamen-Eier, 1 Ei = 1 EL Chiasamen und 3 EL Wasser, 10 Minuten quellen lassen)
100 g grob gehackte Walnüsse
6 säuerliche Äpfel
Milch oder Pflanzendrink nach Bedarf

Zubereitung

Butter oder vegane Margarine mit dem Handmixer schaumig rühren, nach und nach Zucker und Eier/Eiersatz dazugeben. Mehl mit Backpulver mischen und unter die Butter-Ei-Zucker-Mischung rühren. Äpfel schälen, in grobe Stücke schneiden und zusammen mit den Walnüssen unter den Teig heben. Bei Bedarf Milch oder Pflanzendrink zufügen.

In einer gefetteten 26er-Springform 45 Minuten bei 190 °C Umluft backen.

Danke

Wie immer waren an der Entstehung dieses Buchs viele gute Seelen beteiligt. So vielfältig wie dieses Mal war ihre Mithilfe noch nie, denn neben den üblichen Aufgaben, mit denen ich mein kleines feines Team üblicherweise zuschütte, erforderte der Rezeptteil ganz anderes Engagement.
Besonderer Dank gebührt ***Simon*** und ***Martina***, die meine Rezepte ausprobiert und mit mir an den richtigen Mengenangaben getüftelt haben. Danke an meine ***Mama***, die ihr Apfelkuchenrezept geteilt hat, mit dem Elias zwar nicht Sophie aber irgendwann Tilda für sich gewinnen kann.
Dem Text halfen ***Nicole***, ***Claudia*** und ***Elja*** auf die Sprünge, die Schiefes rundgemacht und Kantiges glattgeschliffen haben. Besonders Elja bewies beim Korrektorat wieder eine Engelsgeduld und stand für alle kleinen und großen Nachfragen jederzeit zur Verfügung.
Simon, ***Ella*** und ***Oscar*** – es ist zwar meistens laut, chaotisch und verrückt, aber eben auch verdammt hell mit euch. Keine Dunkelheit dieser Welt hat eine Chance, solange ihr bei mir seid.

Kathrin Waiz (*1980)

Seit der Grundschule lesesüchtig, mit Beginn der Teenagerjahre schreibbesessen und spätestens seit dem Germanistikstudium hoffnungslos literaturbegeistert, kreist in ihrem Leben alles um das geschriebene Wort. Egal, ob Gedichte, Kurzgeschichten oder Einkaufszettel. Nach »Nachtlicht« (2019), »Dunkelzeit« (2021) und »Wirbelleuchten« (2022) rundet »Winterwunschfunke« (2022) die »Verdammt hell hier mit dir«-Reihe mit einem weihnachtlichen Rückblick in die Vergangenheit der Protagonisten ab.

Sie lebt mit ihrem Mann, den gemeinsamen Kindern und Hundemädchen Anouk auf dem Land in der Nähe von Würzburg.

Folge Kathrin auf Instagram und Facebook

@_kathrin_waiz_writes_ @landmomeranze

www.kathrin-waiz-writes.de

www.landmomeranze.de

Er löste die Hände vom Lenker, legte sie an meine Wangen.
Geräuschvoll zog er Rotz in der Nase hoch
und lehnte seine Stirn an meine.
»Du bist mein beschissener Magnet.«
»Das ist ein seltsames Kompliment«, stellte ich nüchtern fest.
Seine kühlen Lippen trafen meine Nasenspitze. »Es sollte kein Kompliment sein.«

Ihr ganzes Leben schon ist Tilda auf der Suche - nach ihrer verschollenen Mutter, der Anerkennung ihres Vaters und zumindest ein bisschen Liebe. Zu Beginn des neuen Semesters trifft die Einzelgängerin auf den attraktiven Elias, der nicht nur endlich das Studium, sondern auch mit seinem alten Leben abschließen möchte.

Elias will alles hinter sich lassen: den Schutthaufen seiner Vergangenheit und die unzähligen flachgelegten Frauen. Dafür braucht er ausgerechnet die Hilfe von Tildas Vater, dem verschrobenen Literaturprofessor. Was er nicht braucht, sind Gefühle für dessen Tochter, deren melancholischer Anziehungskraft er sich nicht entziehen kann.

Zwischen Kafka und Kaffee kämpfen beide mit alten Dämonen, neuen Gefühlen und schließlich gegen die tickende Uhr ihrer gemeinsamen Zeit…

»Nachtlicht« – Band 1 der »Verdammt hell hier mit dir«-Reihe!

ISBN: 978-3-7494-8648-9

Ich bin nicht wirklich weg, Tilda.
Nur nicht da, wo du bist. Aber mein Kopf ist voll von dir.
Und alles andere auch.

Eigentlich bietet Hamburg Elias alles, wonach er gesucht hat.
Der Neuanfang in der anonymen Großstadt gelingt, schnell findet er seinen Platz im Verlag, der WG und genießt die unerwarteten Möglichkeiten der Metropole. Wenn nur der bohrende Wunsch nicht wäre, Tilda an diesem neuen Leben teilhaben zu lassen.

Eigentlich glaubt Tilda, einen Weg gefunden zu haben, mit Elias' Abschied klarzukommen. Verbarrikadiert hinter ihrem altbewährten Schutzwall, lotet sie neue Pläne und Freundschaften aus. Wenn nur diese Sehnsucht nicht wäre, der sie noch immer machtlos ausgeliefert ist.

Als beide versuchen, ihre ungleichen Lebensentwürfe zusammenzuwerfen, wird nicht nur Tildas langsam wachsendes Vertrauen in andere auf eine harte Probe gestellt, sondern sie steuern unbemerkt auf dunkle Zeiten zu …

»Dunkelzeit« – Band 2 der »Verdammt hell hier mit dir«-Reihe!

ISBN: 978-3-7519-8333-4

»Ich kann dein Sicherheitsnetz sein, Tilda. Und du meines.
Wir brauchen nur uns.«
»Ich weiß nicht, ob das reicht«, erwiderte sie leise.

Bevor Tilda und Elias Wurzeln schlagen und ihre gemeinsame Zukunft planen können, muss Tilda Antworten auf die ungelösten Fragen ihrer Vergangenheit finden. Zusammen machen sie sich auf die Suche nach Asta und der Wahrheit über Tildas zerrüttete Kindheit. Doch trotz überwundener Angstmauern und zaghaft geknüpfter Sicherheitsnetze droht Tilda, den Halt zu verlieren, als das Schicksal unerbittlich seine Krallen wetzt.
Um sie nicht zu verlieren, wirft Elias alles in die Waagschale, wovon er immer so viel und Tilda zu wenig hatte: einen guten Plan und Zuversicht, Familie und ein sicheres Zuhause.
Doch das Schicksal ist noch lange nicht fertig mit den beiden …

Das bewegende Finale der »Verdammt hell hier mit dir«-Reihe!
ISBN: 978-3-7557-0840-7